Bianca

LA MÁSCARA DE LA PASIÓN
Michelle Conder

Editado por Harlequin Ibérica.
Una división de HarperCollins Ibérica, S.A.
Núñez de Balboa, 56
28001 Madrid

© 2019 Michelle Conder
© 2019 Harlequin Ibérica, una división de HarperCollins Ibérica, S.A.
La máscara de la pasión, n.º 2741 - 27.11.19
Título original: The Billionaire's Virgin Temptation
Publicada originalmente por Harlequin Enterprises, Ltd.

I.S.B.N.: 978-84-1328-498-9
Depósito legal: M-29559-2019
Impreso en España por: BLACK PRINT
Fecha impresion para Argentina: 25.5.20
Distribuidor exclusivo para España: LOGISTA
Distribuidor para México: Distibuidora Intermex, S.A. de C.V.
Distribuidores para Argentina: Interior, DGP, S.A. Alvarado 2118.
Cap. Fed./Buenos Aires y Gran Buenos Aires, VACCARO HNOS.

Prólogo

SAM estaba tremendamente agitado cuando se subió a bordo de su jet rumbo a Sídney. Era más tarde de lo que le hubiera gustado y estaba empezando a impacientarse.

—¿Desea servicio de cena durante el vuelo, señor Ventura?

Sam colocó su poderosa figura en uno de los asientos de cuero y arrojó el móvil sobre la mesa que tenía al lado antes de dirigirse al copiloto.

—No, gracias, Daniel. Solo un whisky.

—Por supuesto, señor.

El vuelo de Los Ángeles a Sídney duraría unas catorce horas, más o menos, durante las que Sam tenía pensado ponerse al día con el trabajo y dormir antes de aterrizar al día siguiente. Algo común en él.

El copiloto le llevó el whisky y luego se dirigió a la cabina para preparar el despegue, dejando a Sam con el vaso de cristal y una incomodidad poco frecuente en él. Normalmente, no era el tipo de persona que tenía dudas una vez tomada una decisión, pero la pregunta le había pasado por la cabeza más de una vez. No tenía claro que mudarse a Sídney fuera la decisión correcta.

Tenía una buena vida en Los Ángeles. Hacía surf con regularidad, practicaba la abogacía en dos continentes, tenía una gran propiedad en la playa de Malibú y una gran cantidad de mujeres hermosas a las que podía llamar cuando tenía ganas de compañía. Y todo ello unido a la combinación de poder, dinero y belleza que, según le decían, tenía en abundancia.

Pero nada de aquello le importaba a su familia, que estaba encantada de que volviera a casa. Tras dos años viviendo en la ciudad de Los Ángeles se hallaban convencidos de que debía volver a su hogar y estaban encantados con su decisión de fusionar su exitoso bufete de abogados con una gran empresa australiana.

La idea se la había presentado su antiguo compañero de universidad, Drew Kent. El padre de Drew se iba a jubilar y él no quería ocuparse solo de todo. Desde que se había casado quería tener más equilibrio en su vida laboral.

Sam se quedó mirando la noche oscura cuando el avión se movió con fuerza a la izquierda. El matrimonio tenía la capacidad de cambiar la perspectiva de la vida de un hombre. Lo había visto en colegas de trabajo e incluso en su propio hermano, que se había enamorado y doce meses después se casó. Valentino había pasado de empedernido soltero a hombre felizmente casado con un bebé. Desde entonces, Tino estaba completamente dedicado a su esposa y a su hijo.

¿Sería aquello lo que le tenía inquieto? ¿El hecho de que Valentino estuviera casado y feliz? No era que Sam envidiara su felicidad; todo lo contrario. Le encantaba ver a su hermano tan contento, y tal vez algún día incluso él daría el salto al matrimonio. Algún día en un futuro lejano, cuando conociera a una mujer que no estuviera completamente obsesionada con su propia carrera ni con la vida que él podría ofrecerle.

Su mente viajó sin que él quisiera dos años atrás,

cuando Valentino conoció a Miller, su ahora esposa. Tino y Sam estaban en un bar de Sídney cuando se les acercó una rubia impresionante con tacones de aguja. Ruby Clarkson se presentó y explicó que Miller necesitaba una pareja para un evento de negocios. Tino se presentó voluntario para ayudar a la mejor amiga de la joven y dejó a Sam y a la rubia solos. Como ambos trabajaban para el mismo bufete pero no se conocían de antes, se pasaron la noche intercambiando historias hasta que el bar cerró. Como no quería que la noche terminara, Sam se ofreció a acompañar a Ruby a casa y ahí fue cuando empezaron los problemas.

Como era de esperar, le hirvió la sangre al recordar lo que había pasado en la puerta del edificio de apartamentos. O lo que había estado a punto de pasar. Aunque se sentía tremendamente atraído por ella, su intención había sido solo darle las buenas noches, pero Ruby terminó entre sus brazos y cuando sus labios rozaron los suyos estuvo perdido. Ruby encendió una llama en él que solo se apagó cuando una vecina se asomó al balcón llamando a su gato errante.

Más tarde, su hermano le dijo que parecía que le habían dado con un palo de golf en la cabeza cuando vio entrar a Ruby en el bar, y Tino estaba en lo cierto. Desde que cruzó la mirada con aquellos inteligentes ojos verdes perdió completamente la lógica.

Lo mismo sucedió en la boda de Miller y Tino el año anterior. Bastó mirar una vez a Ruby con su vestido rosa de dama de honor y decidió que aquella noche terminaría lo que habían empezado la noche que se conocieron. Hasta que su pareja, un tipo con aspecto de banquero urbanita, se puso a su lado y le estropeó la fantasía.

Sam se obligó a sí mismo a olvidarse del asunto.

Se dijo que así era mejor. Ruby era la mejor amiga de su ahora cuñada y no podía salir nada bueno de tener una aventura con ella. Así que se forzó a poner su interés en una guapa australiana y estaba a punto de marcharse con ella cuando Ruby regresó corriendo al salón de bodas.

Una sonrisa asomó a los labios de Sam. Iba tan rápido que al principio no le vio y Sam no se apartó de su camino. Eligió dejar que fuera a parar al círculo de sus brazos como si estuviera tan sorprendido por el tropiezo como ella.

Ruby alzó la vista para mirarlo con una mezcla de sofisticación e inocencia, con su precioso cuerpo pegado al suyo como si fuera velcro, la respiración acelerada y el recuerdo de la noche en la que casi la devoró brillando con fuerza en sus preciosos ojos verdes. Durante una décima de segundo su calenturienta imaginación lo llevó a creer que había ido corriendo a buscarlo. A decirle que se había deshecho de la pareja con la que estaba y que quería irse con él.

Entonces su hermano mayor, Dante, entró en el salón vacío y estropeó por completo el momento.

—Sam, nos vamos a… lo siento, ¿interrumpo algo?

Teniendo en cuenta que Sam estaba a un segundo de averiguar si Ruby seguía sabiendo tan deliciosa como recordaba, por supuesto que su hermano interrumpía algo y lo sabía muy bien.

Los ojos de Ruby pasaron de brillantes a agobiados en un segundo y se apartó de sus brazos justo cuando su pareja entraba para averiguar qué la estaba entreteniendo.

Ruby murmuró algo sobre la chaqueta, la agarró rápidamente del respaldo de la silla y no volvió a mirar atrás al marcharse. Ahora recordó que había estado fría con él todo el día y con frecuencia se preguntaba por qué.

También se preguntó qué tenía ella que le disparaba la libido de aquella manera, pero sabía que algún día lo averiguaría. Y teniendo en cuenta que compartían profesión y conexiones personales seguramente sería pronto.

El corazón le latía con fuerza dentro del pecho al pensar en volver a verla. En el último par de años no le había preguntado deliberadamente a Valentino por ella. ¿Por qué darle a su hermano alguna pista de que se sentía atraído por una guapa abogada? Le daría más importancia de la que tenía y lo último que deseaba Sam era que Miller se enterara de lo atractiva que consideraba a su mejor amiga.

Pero seguramente sus caminos se cruzarían y tenía curiosidad por saber qué sentiría cuando eso sucediera. Quién sabía, tal vez la atracción incendiaria que experimentaba cada vez que la tenía cerca se había apagado definitivamente. Había perdido interés en muchas mujeres con anterioridad. Seguramente, Ruby no sería diferente. Agitó el vaso de whisky. ¿Recordaría todavía ella la noche que se conocieron? ¿Pensaría todavía en ello? ¿Y seguiría trabajando para Clayton Smythe o se habría trasladado a nuevos pastos? Él dejó el bufete poco después de aquella noche para abrir el suyo en Los Ángeles y reprimió de manera inexorable todo interés por ella, así que no sabía nada de ella actualmente. Un sexto sentido le decía que a pesar de toda la confianza que aparentaba, Ruby era en el fondo un alma sensible y no estaría bien jugar con ella. Aunque no tenía pensado hacerlo en ningún nivel. No tendría ningún sentido al final, y Sam había dejado de perseguir pasiones inútiles tras ver a su famoso padre perseguir el sueño de ser piloto de carreras y dejar de lado todo lo demás.

Nunca habían tenido una relación cercana. Su padre murió en un trágico accidente durante una carrera antes de que Sam hubiera podido obtener su atención o su aprobación, aunque Dios sabía que había invertido mucho tiempo intentando ambas cosas. Todavía recordaba cuando siguió a su padre hasta el circuito de carreras cuando cumplió nueve años. Se quedó allí sentado todo el día esperando a pasar un rato con él, pero su padre llegó hasta el final del día sin él. Como de costumbre, estaba tan ocupado con lo suyo que se olvidó completamente de que Sam estaba allí. Por suerte, una de las asistentes de su oficina lo vio sentado en el sofá y llamó a su padre por teléfono. Lo subieron a un taxi y lo devolvieron a casa solo.

Su madre se puso furiosa con su padre, pero Sam lo borró de su mente. Aquella había sido la última vez que su padre le golpeó en el orgullo. Se aseguró de ello. Aunque ahora ya no importaba. Aquel día aprendió una lección muy valiosa y nunca más volvió a exponerse de aquel modo.

Nunca le daba tanta importancia a algo como para no poder alejarse de allí al día siguiente.

—Eso es algo bueno —murmuró en el silencio sacando el móvil y apartando la mente del pasado.

Estaba planeado llegar a Sídney a mediodía y se dirigiría directamente a una reunión con su nuevo socio antes de cambiarse y ponerse un elegante esmoquin para un baile de máscaras al que había prometido asistir.

Por suerte no solía sufrir las consecuencias del jet lag, pero aun así confiaba en que Gregor y Marion, la pareja anfitriona, no se molestaran por que hiciera solo una breve aparición en su celebración. No tenía tiempo para frivolidades de aquel tipo. Ni para pensar en bellezas rubias de largas piernas, musitó cuando la imagen de Ruby Clarkson volvió a surgirle una vez más en la cabeza.

Sacudió la cabeza y sacó el ordenador portátil. El hecho de que aquella mujer pudiera excitarle a casi doscientos mil kilómetros de distancia debería resultarle desconcertante… y así era. Le hizo darse cuenta de que en algún momento tendría que averiguar cómo sacarse a aquella problemática rubia de la cabeza.

Capítulo 1

EL TEMA de la invitación dorada del baile de máscaras más importante de Sídney aquel año había sido «osado, romántico, seductor…».

Todo tachado, pensó Ruby conteniendo un bostezo y adoptando una sonrisa que lanzara el mensaje «Me lo estoy pasando fenomenal» en lugar de «Ojalá me estuviera tomando esta copa en el sofá de mi casa viendo el último capítulo de *Ley y orden*».

Y en pijama, pensó con anhelo mientras miraba el ornamentado y abarrotado salón de baile. Un baile elegante era el último sitio en el que deseaba estar tras una semana de trabajo de cuarenta y ocho horas que había ido de mal en peor, pero estaba allí para apoyar a su hermana, así que marcharse no era una opción todavía.

Y seguramente aquel era un interludio interesante en su vida cotidiana en la que estaba todo el día sentada en su pequeño despacho de abogados luchando por causas justas. ¿En qué otro momento tendría la oportunidad de estar con la flor y nata del teatro en una maravillosa mansión con inmejorables vistas al puerto tras la piscina infinita?

Allí donde Ruby miraba era como volver a un tiempo en el que las mujeres llevaban pelucas y máscaras y hombres con sombreros de plumas bebían champán en elegantes copas de cristal que brillaban como el oro bajo la luz de miles de velas. El escenario era el de un palacio veneciano a orillas del Gran Canal.

Ruby se colocó disimuladamente el escote del ajustado vestido, que mostraba demasiado. Se suponía que era María Antonieta, y se alegraba de estar oculta tras una elaborada máscara de encaje. Aunque en realidad parecía más bien que iba disfrazada de pastorcilla.

–Sabes que te agradezco mucho que hayas venido conmigo esta noche, ¿verdad? –murmuró Molly.

–Me estoy divirtiendo –mintió Ruby. No quería que su hermana se sintiera culpable de haberle pedido que la acompañara.

Molly tenía como misión acercarse a un director muy solicitado y convencerle de que debía ser la protagonista de su próximo éxito. Molly había asistido a la escuela de interpretación y apareció en algunas producciones pequeñas y medianas de teatro y series de televisión, y Ruby haría cualquier cosa para ayudar a que los sueños de su hermana se hicieran realidad.

–No, no es verdad –Molly se encogió de hombros con buen humor–. Pero te agradezco la mentira. También tengo órdenes estrictas de asegurarme de que te diviertes y te relajas por una vez.

–A ver si lo adivino –bromeó Ruby–. Mamá te ha pedido que me busques un buen hombre del que pueda enamorarme para que pueda darle muchos nietos. Nada nuevo bajo el sol. Y eso no va a ocurrir. Además, me tomo a mal la insinuación de que nunca me relajo ni mi divierto porque no es verdad. ¡Lo hago todo el tiempo!

–Ah, ¿te ha parecido una insinuación? –Molly fingió sorpresa–. Porque la intención era decirlo claramente.

–Ja, ja –Ruby entornó los ojos con aire amenazador–. Sé cómo relajarme y cómo divertirme.

–Lo intentas –la corrigió Molly–. Pero no pasa
nada. Esta noche te voy a atiborrar de bebidas y me
aseguraré de que conozcas a alguien alto, guapo y
moreno con el que pasar la noche.

Ruby torció el gesto. Como cualquier abogado que
se preciara sabía que el trabajo de fin de semana for-
maba parte del sueldo. Sobre todo en los casos grandes, y Ruby acababa de embarcarse en uno de los
mayores de su carrera. Así que los hombres no eran
una prioridad para ella en aquel momento. Y, en realidad, nunca lo habían sido.

–¿Cómo vas a saber que un hombre es guapo si
lleva una máscara? –señaló–. Y ya sabes que no estoy
de acuerdo con la cantinela de mamá de que una mujer no está completa si no va del brazo de un hombre.

–Mamá es de la vieja escuela, pero entre eso y no
salir nunca con nadie hay una diferencia.

–Sí salgo con gente –se defendió Ruby recolo-
cando un rebelde mechón de pelo rubio bajo la enorme
peluca blanca–. Cuando tengo tiempo.

Molly puso los ojos en blanco.

–La última vez que tuviste una cita, los dinosaurios
dominaban la tierra.

Ruby se rio con la comparación.

–No soy una romántica como mamá y como tú. No
veo al hombre de mi vida en todos los que me miran.

–Eso es porque nunca le das a ningún hombre una
oportunidad de verdad. Siempre les encuentras a todos algún problema y sigues adelante como si nada.
Pero porque papá dejara a mamá por otra mujer no
significa que todos los hombres nos vayan a hacer lo
mismo.

Ruby no podía negar que el abandono de su padre la había dejado desilusionada en lo que se refería al romanticismo, pero aquella no era la única razón. En su experiencia, los hombres querían más de las mujeres de lo que estaban preparadas para dar, y todavía tenía que conocer a algún hombre que desafiara aquella teoría.

Incluido Sam Ventura.

Especialmente Sam Ventura… aunque ahora fuera el cuñado de su mejor amiga.

¿Y por qué le saltaba su nombre a la cabeza cada vez que la conversación giraba hacia los hombres y al matrimonio? Era el último hombre en el que debería estar pensando de aquella manera. Dos años atrás la había encandilado y la había besado hasta dejarla sin sentido antes de hacer la promesa trivial de llamarla para luego no hacerlo.

Aunque no debería ser una sorpresa. Se había dejado llevar por su buen aspecto y su conversación inteligente, pero ninguna de esas cosas auguraba maneras amables y decencia auténtica.

Dios, pero todavía se sonrojaba al recordar cómo le había invitado a su apartamento para tomar un café.

«¡Un café!». Lo mismo habría valido decirle que se fuera a la cama con ella.

El hecho de que no la llamara y la foto que vio después de él rodeándole la cintura con el brazo a otra mujer al día siguiente en un partido de polo había reafirmado para ella la idea de que los hombres no valían la pena. Lo peor para Ruby era haber dejado a Sam entrar aquella noche. Había bajado la guardia con él como nunca antes, y, peor todavía, le había parecido que compartían una conexión. Una conexión que había trascendido lo físico.

Así de tonta era.

Su reacción extrema hacia él era algo que la había asustado porque siempre se había imaginado inmune a las vaguedades románticas que habían gobernado la vida de su madre. Suponía que debía agradecerle a Sam haberle demostrado que las cosas eran de otra manera, haberle enseñado que si no tenía cuidado podía ser tan susceptible a una cara bonita y un cuerpo vigoroso como cualquier mujer.

No es que quisiera darle las gracias. No quería volver a tener nada que ver con él. Estaba demasiado ocupado en sí mismo como para tener interés por ella. Algo que confiaba que hubiera quedado claro como el cristal ignorándole el año anterior en la boda de Tino y Miller.

—Yo no creo que todos los hombres sean unos cobardes emocionales —lo negó ahora ante Molly—. Pero me pregunto cómo es que somos hermanas. A ti te gusta Blancanieves, hablar con los animales y trotar por campos de flores, y yo…

—Tú eres la madrastra —intervino Molly—. Solo que tú no tienes miedo a envejecer, tienes miedo al compromiso.

—Yo no tengo miedo al compromiso.

Molly alzó las cejas por encima de la máscara.

—Soy cauta —afirmó Ruby—. No siento la necesidad de saltar sobre algo antes de haber tenido la oportunidad de estudiarlo desde todos los ángulos.

—El amor no es algo que haya que estudiar —Molly se rio—. Se siente. Se experimenta. Se vive.

Ruby se estremeció.

—Puede que tú sí. Yo no —y qué pensaría Molly, se preguntó, si supiera que Ruby no había estado todavía con un hombre, que todavía era virgen como una dama victoriana.

El sonido de un graznido le llamó la atención. Molly se rio entre dientes cuando un cisne iracundo atravesó la multitud y empezó a picotear las lentejuelas doradas del traje de una dama. La mujer se tambaleó hacia atrás y se habría caído si el hombre que estaba a su lado no la hubiera sostenido.

Ruby sintió que se le quedaba el aire en los pulmones al fijarse en la altura del hombre y la amplitud de hombros, el ángulo de su cabeza leonina y los mechones de cabello oscuro.

–Oh, Dios mío –murmuró Molly–. ¿Has visto eso?

Ruby observó cómo el hombre, que llevaba puesta una máscara de bronce, acorralaba por completo a la indignada ave y volvía para comprobar si la mujer estaba bien.

–Es guapísimo –añadió su hermana con un suspiro.

–No puedes saberlo –protestó Ruby–. Lleva una máscara que le cubre la mitad de la cara.

–Se comporta como un hombre que no necesita ser guapo pero lo es. Y mira esos hombros. Y cómo le llenan los muslos los pantalones oscuros.

A pesar de las protestas de Ruby, Molly tenía razón. El hombre exudaba poder y confianza en sí mismo. Y también le resultaba bastante familiar…

«No es él», se dijo a sí misma fijándose en el modo en que sus labios adquirían una sonrisa medio cínica mientras la agradecida mujer le agarraba el brazo y le susurraba algo al oído.

No podía ser él. Sam Ventura vivía en Los Ángeles.

En aquel momento se acercó a ellas una amiga de Molly, y Ruby se ofreció a ir a la barra a pedir unos cócteles para las tres. Las dejó charlando y se puso en la cola del bar. Suspiró. Molly creía de verdad que el amor la esperaba al doblar cada esquina, mientras que Ruby pensaba que lo que le acechaba era el peligro. Le había costado mucho conseguir su independencia como para entregársela a un hombre que seguramente querría que transigiera con todo y luego se marcharía sin mirar atrás. Un hombre como su padre. Un hombre como Sam Ventura.

No, eso no era justo. Tal vez Sam no le cayera demasiado bien, pero no le conocía lo suficiente como para compararlo con su padre. Pero, en cualquier caso, ¿por qué darle a un hombre que tenía la palabra «rompecorazones» escrita en la cara la oportunidad de demostrarle que lo era? ¿Y por qué seguía pensando en él?, se preguntó frustrada.

El amor volvía a las mujeres razonables pacientes de siquiátrico y ella lo sabía. Solo hacía falta ver cómo se había quedado tras solo besar a aquel hombre una noche tonta. La había estrechado entre sus brazos y estuvo a punto de perder la dignidad… y la ropa interior. No estaba enamorada de él, pero desde luego lo deseaba y aquello había sido más que suficiente para mantenerla despierta algunas noches.

—Lo siento, cariño —susurró una voz masculina demasiado cerca de su oreja cuando la empujó ligeramente por detrás.

Ruby miró de reojo y vio a cuatro personajes coloridos con máscaras estilo del Zorro con los ojos clavados en su escote. Se volvió a girar ignorándolos mientras esperaba a que la mujer que estaba delante de ella se llevara las copas que había pedido.

—Así que yo le dije: escucha, nena —el tipo que la había empujado siguió hablando—. Si quieres ya sabes dónde encontrarme. Pero si tardas mucho tal vez ya no esté.

Ruby puso los ojos en blanco. Aquellos eran chicos de colegio disfrazados de hombres, pensó escuchando a medias las historias que intercambiaban sobre sus encuentros sexuales.

–Pues escuchad esto –dijo uno de ellos en voz baja–, la otra noche Michael ligó con una chica, dice que la besó y que no se dio ni cuenta de que era su ex hasta que ella le dio una bofetada y le dijo que habían roto hacía seis meses. Al parecer, tenía otro peinado y se había puesto implantes.

–Dios, ojalá fuera como él –gimió una voz nasal–. Es un animal.

En aquel momento intervino otra voz, una voz profunda y aterciopelada que había escuchado durante toda una noche tiempo atrás.

–Es un idiota –aseguró la voz–. Ningún hombre olvida a una mujer que ha besado. Al menos, si tiene algo de integridad.

A Ruby se le aceleró el ritmo del corazón y palideció. No podía ser él. No podía.

–¿Qué desea, señora? –el camarero le señaló la colorida exhibición de botellas que tenía detrás.

Ella se aclaró la garganta.

–Dos Cosmopolitan y un vino blanco.

–¿Riesling? ¿Chardonnay? ¿Chab…?

–El que sea más fuerte –lo atajó Ruby. Le sudaban las manos.

Por suerte, no tuvo que escuchar otra vez aquella voz, y, cuando el camarero regresó por fin con las bebidas, le dirigió una sonrisa de alivio y agarró las copas.

Mantuvo la cabeza baja, se giró y habría tropezado directamente con uno de los hombres si una mano masculina no se hubiera interpuesto delante. Se le derramó algo de líquido de una de las copas y alzó la mirada para encontrarse con unos ojos marrones.

Unos ojos somnolientos con pestañas gruesas.

Se le aceleró el pulso. Era el hombre de la máscara de bronce. El hombre alto de hombros anchos y piernas largas. El que había salvado a la mujer del ataque del cisne. El que tenía el pelo oscuro y ondulado, exactamente igual que Sam, y una boca perfecta situada en medio de una barbilla suavemente cincelada. También igual que Sam.

Una sensación de calor líquido se le abrió paso entre las piernas, provocándole la misma sensación que dos años atrás en aquel pub de moda.

Como había sucedido en la boda de Miller un año atrás. «No es él», se aseguró a sí misma. «No es él. No es él…».

–Siento lo ocurrido –un amago de sonrisa le asomó a los labios–. Mi acompañante no miraba por donde iba.

Ruby se quedó paralizada. El hombre que no podía ser Sam Ventura inclinó la cabeza al ver su silencio.

–¿Necesitas ayuda con esas copas? –preguntó mirándola fijamente–. Estaré encantado de ayudarte.

–No hace falta, gracias –respondió ella en voz baja–. Lo creas o no, no necesito a un hombre para que mi vida sea perfecta.

¿Y por qué diablos había dicho aquello?

Consciente de que los había dejado a todos en silencio, Ruby dio la espalda al pequeño grupo y obligó a sus temblorosas piernas a mantenerla erguida mientras volvía a toda prisa con Molly.

Vaya, vaya, así que era la mismísima Ruby Clarkson la que le había puesto en su sitio, pensó Sam viendo cómo desaparecía entre la gente como si la persiguiera una jauría de perros. Porque por muy sorprendente que fuera habérsela encontrado tan pronto, no le cabía la menor duda de que se trataba de ella.

Una fiera chispa de calor se encendió en él al fijarse en su cuello de cisne y el cuerpo armonioso en aquel vestido de color lavanda. Estaba claro que ella no le había reconocido y eso resultaba un poco… decepcionante.

Dos años atrás la había besado y había sentido como si le quitaran el suelo de debajo de los pies. Un año atrás quiso repetir la experiencia y podría haber jurado que ella también, y sin embargo ahora pasaba por delante de él como si no fuera nadie especial. Como si resultara incluso irritante.

Sam ignoró a los cuatro idiotas que no le caían bien en el instituto y que le caían todavía peor ahora, agarró la cerveza y se dirigió a la fiesta mientras los otros hombres se reían a su espalda con otra historia.

¿De verdad no le había reconocido Ruby?, se preguntó dándole un sorbo a su cerveza.

Pero Sam no estaba allí para ligar con nadie, y menos con la amiga de Miller. Y sin embargo no podía negar que los sentidos se le recargaron al instante al volver a ver a Ruby sin esperarlo. Y aquello respondía a las preguntas que se había hecho con anterioridad. No, la atracción que sentía por ella no había disminuido. Ni lo más mínimo.

Se quedó allí de pie mirando a los animados invitados durante un instante, preguntándose si debería apoyarse un rato en la barra del bar, o dirigirse a una esquina tranquila hasta que hubiera transcurrido el tiempo suficiente para poder marcharse. O quizá debería ir a la caza de Ruby Clarkson y esperar a que ella le reconociera.

¿Y entonces qué?, se preguntó. ¿Acaso estaba pensando en terminar lo que empezó dos años atrás?

Sam se llevó la botella de cerveza a los labios y dio otro largo trago.

¿Estaba pensando en eso?

No podía negar que la idea seguía resultándole atractiva. Más que eso. Si tenía que ser sincero, no podía negar que Ruby Clarkson era una mujer guapa. ¿Qué hombre no querría tener a una rubia de piernas largas y suaves curvas tumbada en la cama desnuda, con aquellos maravillosos ojos verdes brillando de deseo, los labios hinchados y húmedos por sus besos y los muslos abiertos para que la tomara?

El cuerpo de Sam se puso duro cuando aquellas imágenes salvajes le cruzaron por la cabeza y maldijo en silencio su caprichosa libido. Sin duda, Ruby sería maravillosa en la cama. En *su* cama.

Y luego estaba aquel punto de posesividad que había experimentado dos años atrás. Ese elemento de hombre de las cavernas que solo Ruby provocaba en él. No le gustaba. No le gustaba la facilidad con la que le atraía ni la frecuencia con la que pensaba en ella. Y, desde luego, no le gustaba sentirse tan posesivo. ¿Solucionaría aquello una noche con ella? ¿Serviría para librarle de la poderosa atracción que sentía o la empeoraría?

Sam distinguió por el rabillo del ojo un movimiento de tela de color lavanda entre la multitud en la dirección de la pista de baile. Bien, solo había una manera de probar aquella teoría, ¿verdad? No iba a intentar llevársela a la cama aquella noche. No estaba tan desesperado. Pero podría divertirse un poco con

ella. Jugar un poco con inocencia hasta que lo reconociera. Una sonrisa le curvó los labios cuando se dirigió a la pista de baile. ¿Cuánto tiempo tardaría Ruby?
¿Un minuto? ¿Dos?

De pronto, la noche le pareció mucho más interesante que media hora atrás.

Capítulo 2

NO VEO a nadie que parezca un pirata –dijo Ruby poniéndose de puntillas en la abarrotada pista de baile–. ¿Seguro que el director ha venido?

–Katy me dijo que sí –Molly apretó los labios con determinación–. Tengo que encontrarle. Estoy preparada mentalmente para hacerlo, y quién sabe cuándo volveré a tener otra oportunidad así. No es que lluevan las invitaciones a eventos de este tipo.

Ruby esbozó una sonrisa y trató de no mirar hacia atrás para ver al hombre de la máscara de bronce. Sintió sus ojos clavados en ella cuando salió prácticamente corriendo del bar, y estaba segura de que la había seguido.

–Creo que es él –susurró Molly con tono emocionado.

A Ruby se le puso el estómago del revés. Y entonces se dio cuenta de que Molly no se refería a Sam Ventura y se dijo a sí misma que tenía que tranquilizarse y respirar. No era Sam. Sam estaba en Los Ángeles.

Miró al hombre que Molly estaba tan empeñada en conocer y tuvo que parpadear dos veces. El director vestido de pirata era alto, rubio y con aspecto fiero.

–¿Estás segura de que es él?

–Casi. Vamos a bailar para que me pueda acercar más.

–Tú baila, yo sujeto las bebidas –dijo Ruby agarrando el cóctel medio vacío de Molly y dirigiéndose
a la pista de baile.

Cuanto antes se presentara Molly al famoso director y le suplicara que le hiciera una prueba, antes podrían marcharse.

–Es hora de caminar por la pasarela, querida.

Molly se pasó nerviosamente la mano por la falda
del vestido.

–Creía que habías dicho que esta era una idea ab-
surda.

Lo era, pero el ver dudar a su hermana, normalmente tan segura de sí misma, hizo que Ruby se sua-
vizara.

–Es una gran idea. Le vas a encantar. Pero recuerda:
nada de sexo en público.

Molly sonrió.

–Por supuesto que no. El sexo podrá venir cuando
haya ganado el Oscar como actriz protagonista en su
película y nos hayamos enamorado locamente durante
el rodaje –Molly estiró los hombros y apretó las mandíbulas con decisión–. ¿Seguro que no quieres bailar
conmigo?

–¿Con este vestido? –Ruby se miró el escote–. Ni
hablar.

Molly torció el gesto.

–Eres muy aburrida.

–Lo sé. Me esfuerzo mucho para que así sea.

Molly se rio, aspiró con fuerza el aire y se dirigió
a la batalla. Ruby envidiaba a veces la capacidad de
su hermana pequeña para salir a la palestra de aquel
modo. Ruby podía hacerlo por sus clientes, pero cuando
se trataba de obtener algo para ella… bueno, no era tan
valiente, y saberlo era una de sus fortalezas.

Le dio un sorbo a la copa de vino y saboreó la textura. Casi se había olvidado del hombre de la máscara de bronce hasta que alzó la mirada y se lo encontró avanzando hacia ella con una sonrisa sexy en la cara.

El aire se le quedó retenido en los pulmones y se le aceleró el pulso. Como si hubiera notado su respuesta, al hombre le brillaron los ojos de un modo extraño, pasando de chocolate a tono visón.

—Cuando pediste esas bebidas no me imaginé que tenías pensado bebértelas tú todas —dijo con tono de humor, invitándola a seguir la broma.

Ruby sintió un estremecimiento en la espina dorsal al escuchar aquella voz aterciopelada y profunda. Aquel tipo era muy suave. Peligrosamente suave. Y, desde luego, era Sam Ventura. ¿Qué sentido tenía seguir negándolo?

—Otra frase para ligar patética —afirmó ella con desprecio—. Muy original.

En lugar de tomarse el comentario como un rechazo, a Sam pareció hacerle gracia.

—No sabía que hubiera habido una frase anterior —los ojos le brillaban detrás de la máscara cuando sonrió—. Si te hubiera dicho que tienes una sonrisa capaz de detener a un hombre a cincuenta pasos de distancia... bueno, eso sí habría sido una frase para ligar patética —sonrió todavía más—. Y también cierta.

Ruby parpadeó, se sentía en desventaja de altura sin los habituales tacones de diez centímetros. El vestido no era lo bastante largo para usarlos. El tono de Sam implicaba que pensaba que era una desconocida, ¿cómo era posible? Ella le había reconocido al instante... le habría reconocido con los ojos vendados en una habitación oscura por la sensibilidad que su cuerpo mostraba hacia él.

No sabía si sentirse insultada o contenta de que él no la hubiera reconocido. Tal vez ambas cosas. Aquello servía para confirmar que la conexión mutua que a ella le pareció tan especial la noche que se conocieron no había sido ni especial ni mutua en absoluto.

Sintió un tirón en el pecho. Sería el orgullo, sin duda, porque, ¿qué mujer no se sentiría dolida si un hombre que la había besado como si no hubiera un mañana ahora no tuviera ni idea de quién era solo porque llevaba un disfraz?

Disgustada al ver sus peores miedos confirmados, Ruby impostó la voz con un tono ronco. Que intentara ligar con ella, pensó con creciente irritación. Que intentara usar todo su encanto sofisticado y que viera cómo le rechazaba. Nada le apetecía más que verle cavar su propia tumba y luego revelar su identidad en el último minuto. Era lo que se merecía por no haberla llamado cuando prometió que lo haría. Y sí, sabía que tenía que superar aquello, pero odiaba que los hombres le dijeran una cosa y luego hicieran otra. Su padre la había decepcionado demasiadas veces de niña como para aguantar lo mismo en su vida adulta.

—Me encanta tu disfraz, por cierto. ¿Vas de…?

—No digas que voy de pastorcilla —le advirtió Ruby con tono amenazador.

Sam se rio entre dientes.

—Si fueras de pastorcilla llevarías una vara. Y ovejas. Y eso habría encajado mal con el pato de antes.

—Cisne.

—Patos, cisnes… seres con plumas que deberían estar en un lago, no en un baile de máscaras —los ojos le brillaron con apreciación masculina cuando la miró—. Al menos no sin máscara.

Ruby torció la boca mientras apuraba el último

trago de su copa de vino. Esa vez no iba a encontrarle encantador. No iba a quedarse sin aliento ni temblando de emoción. No iba a recordar la dulzura con la que le había recolocado un mechón de pelo detrás de la oreja antes de darle las buenas noches dos años atrás. Ni iba a recordar cómo la miraba, como si ella le encantara. Eso había hecho que le resultara imposible olvidarle. Y pensar así era buscarse problemas.

–Así que nada de referencias infantiles ni frases para ligar patéticas –murmuró él–. ¿Quieres bailar?

–No bailo con desconocidos –respondió Ruby mirando de reojo a la pista de baile con la esperanza de que Molly estuviera lista para volver a casa. Por supuesto, no había ni rastro de ella.

–¿Desconocido? –Sam ladeó la cabeza–. Eso tiene fácil solución…

–¡No! –ella abrió los ojos de par en par. No estaba preparada para revelarle quién era. No quería tener una conversación incómoda sobre el pasado. No eran amigos, no lo eran y nunca lo serían. Era mejor que la dejara en paz y no supiera con quién estaba intentando ligar–. Nada de nombres. La gracia de llevar máscara es permanecer en el anonimato, ¿no te parece?

–Este es mi primer baile de máscaras. No conozco la etiqueta.

–Pues déjame ilustrarte –susurró Ruby con un ronroneo–. Los nombres no son necesarios.

–¿Ah, no? –las luces que los rodeaban se atenuaron y la música se hizo más sensual.

Ruby sintió el corazón latiéndole con fuerza contra las costillas. Tenía que apartarse de él y del modo en que la hacía sentirse.

–Entonces, si no quieres hablar y no quieres que

nos presentemos –la mirada de Sam se deslizó sobre sus labios como una caricia–. ¿Qué quieres hacer?

«Besarte», pensó ella. Su cuerpo ya estaba respondiendo a aquella mirada. «Quiero besarte y no parar nunca».

–Solo un baile –Sam le dedicó una sonrisa lenta como si supiera la dirección que acababa de tomar su mente–. Soy inofensivo, te lo prometo.

«Mañana te llamo, te lo prometo».

Lo último que Ruby quería era verse otra vez en brazos de Sam, pero fue tan suave que le quitó las dos copas que estaba agarrando como un salvavidas y estaba allí antes de que tuviera tiempo de parpadear.

Y eso la enfadó todavía más. ¿Qué tenía aquel hombre que acababa con su cautela? No quería eso y desde luego no quería estar con él. Pero sabía que se estaba engañando a sí misma. Había algo en Sam Ventura que calaba en ella siempre y por mucho que lo intentara no era capaz de hacer nada al respecto.

Se arriesgó a subir la mirada y vio que la estaba mirando fijamente. ¿Sentía algo familiar en sus brazos? Era más baja sin tacones, pero…

«Vamos, Ruby. No sabe quién eres, así que olvídalo. Tómatelo a broma».

Pero no podía tomárselo a broma con todo aquel calor rodeándola y con el pulso acelerado. Tenía su rostro demasiado cerca y podía ver la barba incipiente, y su esencia masculina y almizclada le cortocircuitaba el cerebro.

Lo único que podía hacer era recordar la sensación de su piel bajo las yemas de los dedos, el calor y la firmeza de sus labios en los suyos. Fue como volver al pasado. Quería volver a sentir aquellos labios. Quería volver a sentir el poder de su deseo, de sus ganas por ella. Nunca antes se había sentido así en brazos de un hombre y resultaba adictivo.

«Ningún hombre olvida a una mujer que ha besado. Al menos, si tiene algo de integridad».

¿Recordaba que la había besado? ¿Le volvería a la mente si le besaba ahora? Asombrada al ver hacia dónde le estaban llevando los pensamientos, Ruby retrocedió. Besar a Sam Ventura era lo último en lo que debería estar pensando. Aquel hombre era peligroso para su equilibrio.

–¿Estás bien, ángel? –Sam la atrajo más hacia sí cuando ella se tambaleó, inclinándose para murmurarle al oído. Ruby contuvo el aliento al sentir su cálida respiración en el cuello. Aquel nombre… también la había llamado «ángel» dos años atrás.

Apartó de sí aquel recuerdo y reafirmó su determinación contra el efecto que tenía en ella.

–No, no estoy bien –dijo tomando la primera decisión cuerda de la noche y apartándose de sus brazos para cruzar entre la multitud y salir de allí.

Frente a ella había una terraza de piedra con vistas al puerto y Ruby se dirigió hacia allí, salvando rápidamente la distancia que había hacia un estrecho caminito pavimentado bordeado de luces que rodeaba la casa.

–Espera.

No se había dado cuenta de que Sam la había seguido, pero no le sorprendía. La música era solo un latido bajo ahora que estaban fuera.

–¿Qué ha pasado ahí fuera? –la miró preocupado escudriñándole el rostro. Estaba tan cerca que podía sentir el calor y la energía de su cuerpo permeando el suyo.

Lo que había pasado allí fuera era un ataque de

pánico. Tenía los sentidos alborotados y el pulso acelerado. Sentía necesidad y deseo…

—Escucha —dijo Sam llevándose la mano a la cara—. Creo que ya va siendo hora de…

—¡No! —Ruby le agarró la mano para impedir que se quitara la máscara— No se le ocurría nada peor, porque esperaría que ella hiciera lo mismo. Y eso la colocaría en la posición de explicar por qué había actuado como lo hizo. Significaría que tendría que explicar por qué se había sentido tan abrumada con el calor de su cuerpo, su contacto en la cintura, su aliento en la piel, y que por eso había tenido que salir corriendo porque quería más. Más de él.

—Eh —murmuró Sam dulcemente, consciente del estrés que sentía ella. Le rozó suavemente la barbilla—. Mírame.

Ruby lo hizo. La suave luz del jardín arrojaba sombras en su fuerte mandíbula y los labios cincelados. El cabello oscuro le caía por delante de la máscara.

Era tan guapo y tan masculino… el bronce de la máscara le otorgaba un aspecto de otro mundo que se añadía a su atractivo.

A Ruby se le entrecortó la respiración mientras se miraban el uno al otro. Trató de aclararse la mente, pero los dedos de Sam le impedían romper el contacto visual con él. Se sentía mareada, embriagada por su esencia. Entonces la otra mano de Sam le buscó la nuca y ella no supo si él se inclinó hacia abajo o ella se alzó, pero de pronto sintió los labios en los suyos, cálidos, firmes y absolutamente seductores.

Ruby abrió los ojos de par en par y no pudo evitarlo: bajó las pestañas y abrió la boca. Escuchó un gruñido profundo procedente del pecho de Sam y se rindió a lo inevitable mientras él la besaba con más profundidad. Le quemaba como fuego líquido consumiéndola, disparando una avalancha de deseo al que no podía resistirse.

Su voz interior le advirtió que aquello era un error, que si jugaba con fuego se quemaría. Lo escuchó y lo aceptó, pero aquel deseo irracional era más poderoso. Quería que aquel momento continuara, que su placer nunca terminara. No sabía si era por la intimidad que daba la noche, la máscara que ocultaba su identidad o que llevaba mucho tiempo negándose cualquier tipo de placer sensual, pero sabía que estaba tan perdida en sus caricias como lo estuvo dos años atrás. Tal vez incluso más.

Movió los labios por los suyos, segura de sí misma, con los sentidos en sintonía con el contacto, aunque sabía que debía apartarse.

—No —murmuró suavemente rodeándole el cuello con los brazos—. Por favor, no pares.

Sam gimió y cumplió lo que Ruby le decía, aunque el instinto y la lógica le indicaban que se contuviera. Había sido así con ella dos años atrás. Intensamente íntimo, dolorosamente erótico. El contacto de su boca en la suya bastaba para hacerle perder la cabeza. Abrazarla ahora así, sentir su respuesta sin tapujos era una absoluta tortura.

La rodeó con sus brazos urgiéndola a acercarse más, los suaves y desesperados gemidos que surgían de su garganta lo llevaron a moverse hacia las sombras que proyectaba una esquina de la casa.

Ruby le rodeó el cuello con los brazos y Sam le pasó las manos por el vestido. Ella se arqueó, los senos le subían y le bajaban por encima del escote bajo y amenazaban con salirse. Senos que Sam anhelaba ver, saborear. Se dijo a sí mismo que debía detener aquella locura al instante y le deslizó la mano por la delicada curva del brazo y el hombro. Ruby contuvo el aliento y se arqueó todavía más contra él. Sam notó su deseo, lo percibió en su propia sangre y le trazó un camino desesperado de besos ardientes por la línea del cuello. Ella echó la cabeza hacia atrás mientras un estremecimiento la atravesaba, con su cuerpo inclinándose más pesadamente contra el suyo. Sam le colocó el brazo en la parte inferior de la espalda, con los ojos enfebrecidos clavados en la suave piel de su escote.

El calor y el fuego crearon un camino peligroso en su interior, arrasando con todo pensamiento racional mientras las sensaciones se apoderaban de él. Se escuchó la bocina de una embarcación a lo lejos en el puerto, alguien soltó una carcajada mientras se lanzaba a la piscina. Sam apenas oía nada, los sonidos quedaban relegados tras el fuerte latido de su propio corazón.

Sintió los labios de Ruby suaves y maleables alimentando los suyos con la misma ansia violenta que le hizo ponerse más duro que una piedra. La atrajo más hacia sí, uniendo sus cuerpos en una línea perfecta y tomando sus suaves gemidos en la boca.

–Maldita sea, qué bien sabes –murmuró moviendo los labios por la sensible piel que tenía bajo la oreja.

Ruby se estremeció entre sus brazos, sus codiciosas manos eran cada vez más osadas mientras le recorrían los hombros y el pelo.

La máscara de Sam se interponía, y estaba a punto de quitársela cuando ella le retiró la chaqueta hacia atrás y tuvo que quitársela. Entonces le arañó la piel con las uñas al sacarle la camisa de la cinturilla de los pantalones. Sam sintió una poderosa punzada de deseo y la levantó, volviendo la boca a la suya con primitivo deseo. Sam había estado con muchas mujeres en sus treinta y un años de vida, había complacido a más de las que podía recordar, y sabía que era un buen amante, pero eso... acariciar a Ruby, sentir sus suaves gemidos de placer mientras descubría lo que le gustaba era una delicia sensual que no había calculado. Estaba completamente a merced de sus sentidos y no solo quería tomar todo lo que ella le ofrecía, sino que además estaba preparado para darle todo a cambio.

—Más —le suplicó ella inclinándose y amasándole los músculos como haría un gatito hambriento.

Sam maldijo entre dientes y le dio lo que quería, apretándole la espalda contra el muro cubierto de enredadera de la casa y recorriéndole el cuerpo entero con las manos. Moldeándole las caderas y las costillas, el suave montículo de los redondos senos. Unos senos que tenía que ver. Que tenía que tocar.

En algún lugar de su cerebro sonó una alarma, pero competía con los suaves gemidos de su mutuo deseo. ¿Y qué importancia tenían unos minutos más de locura?

Sam la levantó de modo que estuvieron al mismo nivel visual, se inclinó hacia delante y le besó los redondos senos. Luego forzó la parte superior del vestido para liberar uno de los pezones.

—Quiero saborearte —la voz sonaba gutural por la urgencia y no quiso esperar a su respuesta, bajó la cabeza y le tomó el pezón rosado en la boca. Le lamió la piel excitada con la lengua, disfrutando de los suaves sonidos que le indicaban que estaba tan perdida en aquella locura como él.

–Oh, Dios –Ruby se arqueó entre sus brazos mientras le pasaba los dedos por el pelo–. Te necesito –dijo con la respiración agitada llevando las manos a la hebilla del cinturón. Sabía que debía parar, pero era incapaz de hacerlo.

Sam agarró los metros de tela que había entre ellos y le deslizó las manos por los muslos. Un pequeño y ligero trozo de seda era lo único que le separaba del paraíso, y cedió con un tirón cayendo al suelo.

Un gemido gutural le surgió del pecho cuando sus dedos encontraron su piel suave y húmeda. Quería caer de rodillas y saborear la dulce miel que le cubría los dedos, pero Ruby ya estaba apretándose contra él.

–Más, por favor. Quiero más.

Sam le tomó la boca y la apretó contra la pared. Una parte de su cerebro trató de recordarle que era un hombre civilizado que no tenía relaciones sexuales con mujeres en el exterior de una fiesta importante, pero el cálido temblor del cuerpo de Ruby hizo añicos su cordura y su autocontrol.

En lo único que podía pensar era en reemplazar los dedos por su virilidad y hacerla suya. Algo que obviamente Ruby deseaba tanto como él porque le estaba bajando la cremallera de los pantalones de modo que Sam estuvo libre y preparado. Ruby apretaba los muslos contra su cuerpo.

El primer contacto de la piel contra la suya hizo que se detuviera porque no llevaba un preservativo consigo. Maldiciéndose por su falta de preparación, estaba a punto de decírselo cuando los labios de Ruby se posaron en la línea de su cuello y le mordió el tendón entre el cuello y el hombro.

Un estremecimiento le recorrió todo el cuerpo y un gemido surgió de lo más profundo de su ser mientras olvidaba por completo la razón y la responsabilidad y se entregaba a aquel deseo que era más fuerte que él, penetrándola con un embate profundo y perfecto.

Estaba tan cálida y tan tirante… el cuerpo de Sam se tensó mientras trataba de controlar la urgencia básica de poseerla.

—Relájate para mí, ángel, y esto será más fácil.

Tenía la frente perlada de sudor, pero antes de que pudiera procesar que había algo salvaje en los movimientos de Ruby, ella arqueó la espalda y le tomó con más fuerza, haciendo añicos su mente.

—Despacio —la urgió él sosteniéndole las caderas entre las manos—. Eso es, déjame entrar hasta el fondo —gimió mientras los músculos de seda de Ruby lo rodeaban, sosteniéndole con fuerza.

Sam puso una mano en el muro para sostenerlos con cuidado de no estrujarla. Le temblaban las piernas por contener su propio alivio antes de sentir primero el de Ruby.

—Oh, Dios —Ruby se agarró a él clavándole las uñas en la nuca—. Voy… voy a… —su cuerpo apretó el suyo, las oleadas tiraban de él más y más profundamente mientras el cuerpo de Ruby alcanzaba el éxtasis.

En cuanto la sintió llegar Sam se dejó ir, moviéndose dentro de ella con un poder controlado mientras su propio clímax lo atravesaba como nunca antes.

No supo cuánto tiempo estuvieron así, sus cuerpos unidos del modo más ancestral, las respiraciones pesadas. Sam se fue haciendo consciente poco a poco de lo que le rodeaba, de cómo tenía la camisa pegada a la espalda por el sudor, del suave sonido de la música que provenía del interior de la casa, del canto de una cigarra en un arbusto cercano…

Levantó la cabeza del suave cuello de Ruby donde la tenía hundida, sentía las piernas tan débiles que tuvo que hacer un esfuerzo por mantenerlas erguidas. La sintió moverse contra él y tomó conciencia de la enormidad de lo que acababan de hacer, de lo descontrolado que había estado.

Maldijo entre dientes y la bajó al suelo. No se arrepentía de muchas cosas de su vida, pero tomar a Ruby como si fuera un chico de instituto sin entrenar podría ser una de ellas. Lo que más deseaba en el mundo era envolverla entre sus brazos y llevarla a casa para poder repetirlo todo de nuevo. Esa vez en la cama.

—¿Estás bien? —le preguntó en voz baja.

—Agua —Ruby parpadeó. Tenía la máscara un poco torcida, y él deseaba quitársela, arrancarle aquella peluca y dejar que su largo cabello dorado cayera libremente—. Tengo mucha sed. ¿Te importa?

Sam se apartó un mechón de pelo de la frente. No, por supuesto que no le importaba ir a buscarle un vaso de agua, pero primero quería disculparse, decirle que no había sido su intención llevar las cosas tan lejos. Al menos no allí fuera, y menos en una fiesta.

—Claro. Agua —la disculpa podía esperar—. Espera aquí, enseguida vuelvo —vaciló y la miró con el ceño fruncido al ver que le temblaba el labio inferior—. ¿Seguro que estás bien?

Ella asintió y se recogió la voluminosa falda del vestido para no tener que mirarlo.

Sam agarró la chaqueta del suelo y se alejó por donde había llegado, parpadeando al doblar la esquina y encontrarse con las brillantes luces de la terraza y a pequeños grupos de invitados que por suerte lo ignoraron cuando entró.

Agarró rápidamente el vaso de agua y fue ensayando un corto discurso en el camino de regreso tratando de encontrar una explicación plausible a lo que acababa de ocurrir entre ellos. Pero cuando llegó allí no había nadie.

Se dio la vuelta preocupado y buscó entre las sombras del jardín alguna señal de un vestido de color lavanda. Tardó un minuto entero en darse cuenta de que Ruby no estaba allí. Y otro más en asumir que había huido. La preocupación dio paso a la culpabilidad por haber llevado las cosas tan lejos con ella, y finalmente a la furia porque no le estuviera esperando donde la había dejado.

¿Tenía Ruby por costumbre hacer aquello, escoger a un hombre, tener sexo inolvidable con él y luego dejarle plantado en cuanto se daba la vuelta? ¿Por eso había insistido en que se mantuvieran en el anonimato?

Sam apretó las mandíbulas, se quitó la máscara y la arrojó al suelo. No se podía creer que lo hubiera utilizado de aquel modo, pero, si Ruby se creía que las cosas iban a quedar así, estaba muy equivocada.

Capítulo 3

RUBY, si no te das prisa vas a perderte la clase de yoga –gritó Molly desde fuera de la puerta del dormitorio.

Todavía en la cama, Ruby se dio la vuelta y se preguntó si podía fingir que estaba durmiendo. Teniendo en cuenta que no había dormido en toda la noche, se sentía lo bastante cansada para que pareciera real.

–¿Ruby? –Molly abrió la puerta y asomó la cabeza–. ¿Estás enferma?

Sí, lo estaba. La noche anterior le había dicho a un hombre que ni siquiera le caía bien que lo necesitaba. Mientras tenían relaciones sexuales. En el jardín. Durante una fiesta.

¿De verdad había sido solo sexo? Para ella fue más bien un cataclismo que lo había cambiado todo para siempre. Había sido el momento más erótico de toda su vida. De hecho, hasta la noche anterior no entendía cómo alguien podía dejarse llevar de aquella manera por un hombre sin apelar al sentido común cuando era necesario. Desgraciadamente, a ella su sentido común no le había dicho nada.

El problema estaba en el modo en que la había mirado y tocado. La había hecho sentir tan especial y tan excitada que literalmente perdió la cabeza. Pero en realidad no era nada especial. ¿Cómo iba a serlo si ni siquiera sabía su nombre?

–¿Ruby?

Ni tampoco que era virgen. Aunque hubo un momento de vacilación en el que se preguntó si Sam habría descubierto su inexperiencia. Había sido una cobardía, pero el temor a que le preguntara al respecto unido a escucharle maldecir entre dientes arrepentido después había sido la razón por la que salió corriendo cuando él fue a buscarle el agua. No había sido el momento más fino de su vida, eso estaba claro, pero la alternativa era quitarse la máscara y decir «Hola, soy Ruby. Por cierto, qué gran sexo. Gracias por iniciarme», así que prefirió la salida más cómoda. Y no se arrepentía.

El hecho de que Sam Ventura no supiera que era con ella con quien había tenido sexo vertical era lo único que la ayudaba a enfrentarse al día.

–Me estás dando miedo, Ruby.

Alzó la vista y se encontró con el ceño fruncido de Molly.

–¿Qué pasa? –hizo un esfuerzo por volver al momento presente.

–No tienes buen aspecto. ¿Qué pasó anoche?

–Nada. Estoy bien –Ruby puso una sonrisa en la cara confiando en que algún día sería verdad–. Dame cinco minutos y me uniré a ti para el yoga.

–¿Seguro que quieres ir?

No, pero aquello era mejor que quedarse en la cama pensando en lo increíblemente erótico que había sido el sexo con Sam y en las pocas probabilidades que había de volver a vivir algo parecido alguna vez.

–Seguro.

Su hermana no parecía muy convencida.

–He preparado café, así que date prisa.

En cuanto Molly cerró la puerta, Ruby se levantó a

toda prisa de la cama. Su hermana le había enviado un mensaje la noche anterior diciéndole que tras hablar un rato con el director lo había convencido para que le hiciera una prueba. Por suerte, a Molly no le importó que Ruby se fuera de la fiesta sin ella, y se quedó encantada de seguir con la gente de teatro tras completar su misión.

Y el yoga era lo mejor que podía hacer. La ayudaría a volver a centrar la mente lo suficiente para no pensar en la espantosa mala decisión que había tomado la noche del viernes y dejar de imaginarse los futuros desastres que podrían acaecer tras aquella indiscreción tan poco habitual en ella. Futuros desastres como el hecho de haber mantenido relaciones sexuales por primera vez en su vida con un hombre que ni siquiera sabía su nombre. Como el hecho de que, si Sam trabajara en el mismo bufete que ella y averiguara alguna vez que era ella y se lo contara a alguien, el cotilleo correría como la pólvora.

Por suerte, él vivía en Los Ángeles, así que había muy pocas posibilidades de que descubriera que era con ella con quien había tenido relaciones sexuales.

Era un consuelo pequeño, reconoció la mañana del lunes resguardándose de la lluvia de verano al entrar en el café al que solía ir antes del trabajo. Casi se había convencido a sí misma de que se había quitado de la cabeza todo el asunto del viernes por la noche cuando un hombre alto y de hombros anchos entró detrás de ella en el café sacudiéndose la llovizna matinal del oscuro cabello.

A Ruby se le subió el corazón a la garganta mientras esperaba a que se girara hacia ella, y cuando lo hizo experimentó una sensación de irrealidad al darse cuenta de que no era Sam. Ruby se giró hacia el camarero que le estaba preparando el café. Tenía que calmarse, lo más lógico era que no se encontrara con Sam en medio de George Street. Lo que podía hacer era llamar a Miller más tarde, enterarse de cuánto tiempo se iba a quedar Sam en la ciudad y tratar de evitarlo mientras estuviera allí.

Si al menos el sexo no hubiera sido tan bueno…

No, bueno no. Más bien increíble. Impresionante. Se le venían más calificativos a la mente, pero sacudió la cabeza, agarró el café y salió del local para cruzar la carretera y llegar a la oficina. Cuanto antes empezara a trabajar y a sentirse normal de nuevo, mejor.

—Hola, Ruby —la saludó Veronica, su secretaria, sujetando la puerta del ascensor—. ¿Qué tal el viernes por la noche en la fiesta? ¿Conociste a alguien interesante?

¿Por qué estaba de pronto todo el mundo tan interesado en su vida amorosa?

—La fiesta fue fabulosa —sabía que, si no mostraba el nivel adecuado de entusiasmo, Veronica intentaría sonsacarle más información—. ¿Qué tal tu fin de semana?

—Llevé a los niños al zoo y vimos el bebé panda. Monísimo. Entonces, ¿había alguien interesante en la fiesta? ¿Algún famoso?

—Que yo sepa, no. Llevábamos máscaras, así que era más difícil reconocer a nadie —gracias a Dios—. ¿Por qué te bajas en la tercera planta? —su oficina estaba en la cuarta.

—Hay una reunión en la sala de juntas grandes. ¿No te llegó el correo? Nos lo enviaron a todos el viernes por la noche. El señor Kent va a hacer un anuncio.

Ruby había regresado directamente de los juzgados el viernes por la noche, y aunque recordaba haber visto el correo interno en la bandeja de entrada, olvidó leerlo porque tenía prisa en ir a prepararse para la fiesta.

—¿Y cuándo es?

—Ahora —respondió Veronica—. ¿Tú no vienes?

—Claro que sí —Ruby salió del ascensor reorganizando mentalmente su mañana mientras trataba de sostener el informe que estaba leyendo, el maletín, el café caliente y el teléfono.

—¿Quieres que te lleve algo?

Ruby negó con la cabeza.

—No hace falta. ¿Alguna idea del motivo de la reunión?

—Corre el rumor de que nuestro bufete se va a fusionar con una firma importante de Estados Unidos.

Ruby se detuvo con el café a medio camino de los labios.

—¿Cómo?

—Pero Bridget, la de informática, dice que el señor Kent se va a retirar finalmente y que Drew va a incorporarse como socio director.

Ruby dejó escapar un suspiro de alivio. Aquello sonaba mejor, pero lamentó que el señor Kent no hubiera enviado más información en el correo. Tenía ya toda la mañana programada y le iba fatal tener una reunión a primera hora.

Veronica le dirigió una sonrisa de ánimo al ver su expresión.

—Se supone que va a ser breve.

—Siempre dicen lo mismo —gruñó Ruby antes de dejar que se le fuera el mal humor. Sería una inconveniencia de media hora. Le encantaba su trabajo y si el señor Kent quería decir algo no le estropearía el momento. Había levantado un bufete maravilloso y se merecía que todo el mundo reconociera el trabajo que había hecho.

Entró en la abarrotada sala de juntas, saludó a varios compañeros con una sonrisa y se dirigió a la parte de atrás. Había bastante agitación en el ambiente y Ruby levantó el cuello para ver a su jefe, Drew Kent. Era un gran jefe, sensato y justo, aunque no siempre estuviera completamente de acuerdo con algunos de los casos de los que Ruby se encargaba, como el actual. Eso hacía que ella intentara con más fuerza probar su valía, y seguramente aquella era una de las razones por las que le había ido tan bien desde que empezó a trabajar allí veinte meses atrás.

—Atención todo el mundo, por favor.

Ruby le dio un sorbo al café mientras Drew se situaba en medio de la sala.

—Es un placer y un alivio para mí anunciar que mi padre se jubila, algo que todos pensamos que no iba a suceder nunca. Por suerte, mi madre le ha convencido de que hay cosas en la vida más importantes que la abogacía, aunque todos sabemos que no es verdad —se escucharon gruñidos y risas. Ruby sonrió.

Drew dijo algunas palabras más sobre la inspiración que suponía su padre para él y la gente aplaudió. Después el señor Kent sermoneó un poco a su hijo en venganza y dejó caer que la única razón por la que finalmente había accedido a dejar el bufete en las capaces manos de Drew era porque alguien muy valioso había accedido a fusionarse con ellos y ayudar a Drew. Se escucharon susurros de sorpresa.

Ruby agudizó el oído para oír el nombre del recién llegado y, cuando escuchó Ventura International, se le cayó el alma a los pies.

–Seguro que todos estaréis de acuerdo en que es una gran noticia que nos vayamos a unir a una de las mejores firmas de Estados Unidos.

La gente empezó a aplaudir con fuerza, pero Ruby se quedó muy quieta. Aquello no podía estar pasando. Hizo un esfuerzo por llenarse los pulmones de aire, pero le costaba trabajo. El café que se había tomado le ardía en el estómago. ¿Cómo era posible? Aquello era una pesadilla. Un desastre. No tenía palabras para describir cómo se sentía.

Escuchó a Sam decir unas cuantas palabras sobre las ganas que tenía de trabajar con todo el mundo y lo que significaba para él estar allí.

Dios mío. Ruby tenía ganas de vomitar.

De pronto todo el mundo se puso en fila para felicitar al nuevo socio y a Ruby se le volvió a poner el estómago del revés. Tenía que calmarse. Tenía que encontrar un cuarto de baño antes de arrojar todo el desayuno por la alfombra.

–¿Te puedes creer que a partir de mañana vamos a trabajar en las torres Wellington? –preguntó Veronica sin poder disimular la emoción–. Solo el vestíbulo tiene el tamaño de un hangar de aviones, y unas vistas al puerto de ciento ochenta grados. Se acabaron los despachos enanos y los pasillos estrechos. Vamos a trabajar en el regazo del lujo. ¡Puedo tomar el ferry para ir a trabajar en lugar de ese autobús viejo y maloliente!

–¿Las torres Wellington? –Ruby frunció el ceño confundida. Estaba claro que se había perdido aquella parte del discurso de Sam.

–Al parecer, Sam es el dueño. Han despejado cinco plantas de oficinas durante el fin de semana para dejar sitio para la fusión. Se ha llevado ya mucho hardware

e información de los casos, así que lo único que falta...
¿te encuentras bien, Ruby? Estás blanca como un fantasma.

Ruby miró a Veronica y le agarró el antebrazo.

–La verdad es que me encuentro fatal... –miró a su alrededor con ojos angustiados al verse impelida a avanzar en la fila para saludar a su nuevo jefe–. Te veré en mi despacho.

–Claro –Veronica frunció el ceño–. ¿Quieres que me disculpe en tu nombre con el señor Ventura?

–No –Ruby le apretó el brazo–. No, no me menciones en absoluto –ya que iba a tener que dimitir, ¿por qué molestarse en mencionar su nombre?

Cinco minutos de respiración de yoga más tarde no se sentía mejor, pero al menos ya no pensaba en dimitir. Le encantaba su trabajo y no iba a dejar de lado su carrera por un hombre. Había hecho aquella promesa mucho tiempo atrás.

Y además, ¿por qué tendría que pasar nada? Sam no sabía que ella era la mujer con la que había tenido sexo en la fiesta del viernes por la noche. Para él, Ruby solo era la mejor amiga de Miller, con la que se había besado un par de años atrás y nada más. No era para tanto. Y tal vez aquella noche estuviera demasiado borracho como para recordarlo.

Salió del baño y se topó directamente con su jefe actual... y su nuevo jefe.

Ruby clavó los verdes ojos en la mirada marrón de Sam y contuvo el aliento. Su mente registró automáticamente lo grande y abrumadoramente guapo que era Sam Ventura sin máscara. Era unos centímetros más alto que Drew, llevaba una camisa blanca de rayas azules que iba completamente a juego con su tono aceitunado de piel y la chaqueta del traje azul marino se le ajustaba perfectamente a los hombros.

Ruby deslizó la mirada por la mandíbula recién afeitada y la boca sensual. La había complacido tanto el viernes por la noche que sintió al instante arder todo el cuerpo. Sobre todo al recordar la sensación de su boca en el pecho, cómo había utilizado los dientes y la lengua para torturarla con un placer salvaje.

Se le derramó un poco del café por los dedos. Ruby soltó un chillido contenido y se llevó la mano a la boca para capturar las gotas antes de que cayeran en la moqueta y estuvo a punto de derramarlo entero.

Sam se inclinó hacia delante para quitarle el vaso de los dedos temblorosos mientras Drew le ofrecía el pañuelo del bolsillo de la chaqueta.

—¡Ruby! Diablos, ¿te has quemado? —preguntó Drew preocupado.

—No, estaba frío —graznó ella.

Tenía la mirada clavada en Drew porque sabía que si miraba a Sam se pondría roja como un tomate.

—Vale, me alegro de que nos hayamos cruzado. No te he visto en la sala de conferencias —dijo Drew.

—Sí, estaba allí —aseguró Ruby—. Pero… tuve que salir.

—Entonces ya sabes que Sam y yo vamos a ser socios directores, ¿verdad?

Ruby esbozó una sonrisa tirante. También se había perdido aquella parte del discurso.

—Genial. Felicidades.

Miró a Sam de reojo para incluirlo en la felicitación y se encontró con que la estaba observando demasiado intensamente.

Se obligó a sí misma a actuar con «normalidad». Apretó los dientes y amplió un poco más la sonrisa para que pareciera más auténtica.

–Bienvenido al equipo –un equipo que pronto tendría una abogada menos. Porque su primera reacción había sido la buena: tenía que dimitir. No podría estar viéndole todos los días en la oficina y recordar todo lo que habían hecho y luego trabajar para él.

–Gracias –la voz grave de Sam le resonó por todo el cuerpo, agarrándole cada terminación nerviosa–. Me alegro de estar aquí.

–Y yo me alegro de que nos hayamos encontrado contigo –intervino Drew–. Estaba acompañando a Sam a tu despacho. Mandy dará a luz cualquier día de estos, y Sam ha accedido a supervisar el caso Star Burger. Me gustaría que lo pusieras al corriente lo antes posible, en cuanto salte a la prensa se va a montar una buena y prefiero que haya un socio senior a bordo.

Ruby quería que Drew estuviera tranquilo justo antes del nacimiento de su primer hijo, pero tenía aquel caso bien atado.

–Está todo bajo control, de verdad –afirmó confiando en sonar fría en lugar de a la defensiva.

–En tu última actualización dijiste que tenías pensado llevar al estrado a un político importante.

–No lo tengo pensado, lo voy a hacer –dijo ella con sequedad.

No pretendía ser brusca, pero sabía que Drew tenía sus deudas respecto a aquel caso del que se encargaba gratuitamente. Star Burger era una cadena de restaurantes inmensamente popular en Australia. El dueño, Carter Jones, no había establecido unos principios

éticos para proteger a sus empleados, y como resultado había discriminación racista y salarios indignos.
Si Ruby ganaba aquel caso sus clientes no solo recibi-
rían el dinero que se les debía, sino que también daría
a la gente joven, vulnerables en la comunidad, una
voz que nunca antes habían tenido.

—Por eso quiero que Sam te ayude —afirmó Drew—.
Tiene experiencia en este tipo de casos, y además me
ha contado que ya os conocéis.

Ruby tragó saliva.

—Ya puedo encargarme yo, Drew —le aseguró Sam
al otro hombre con tono calmado—. ¿Todavía quieres
esto? —le tendió el vaso de café.

—No, pero es un vaso reutilizable, no puedes tirarlo.

—Muy bien. Pasa tú primero, no sé dónde está tu
despacho.

«Fría como el hielo», pensó Sam observando el
vaivén del movimiento del cuerpo de Ruby delante de
él. Aquella era la Ruby que había conocido dos años
atrás, seca y con actitud de estar al mando.

Aunque no estaba convencida del todo. Porque no
se le pasó por alto su incapacidad de mantener el contacto visual. Por supuesto que había sido un shock
para ella encontrárselo en su lugar de trabajo. Él también estaba un poco impactado. Hasta aquel momento
no sabía dónde trabajaba Ruby, pero aquel giro de los
acontecimientos, tener a Ruby de empleada, era un
contratiempo. Tenía pensado pedirle su teléfono a
Miller aquella semana y llamarla. Exigirle una explicación respecto a sus acciones del viernes y decirle lo
que pensaba. Decirle que la próxima vez que tuviera
relaciones sexuales con un hombre tenía que esperar

para que él pudiera asegurarse de que estaba bien y acompañarla a casa.

Sam frunció el ceño, la antigua rabia contra ella había regresado con fuerza. Se le había pasado por la cabeza durante el fin de semana la idea de que no supiera que era él con quien había compartido su cuerpo menos de sesenta horas atrás, pero inmediatamente la desechó. Estaba seguro de que lo sabía.

Cuando llegaron al despacho, Ruby cerró la puerta y se sentó detrás del escritorio.

—Me gustaría dejar algo claro —dijo con el tono de una reina que estuviera amenazando a un esbirro rebelde—. Sé lo ocupado que debes de estar con la fusión y no quiero que sientas que tienes que involucrarte en el caso Star Burger. Tengo un gran equipo trabajando en ello.

Había que reconocer que aquella mujer tenía agallas.

—Hola a ti también, Ruby. Me alegro de volver a verte —dijo Sam controlando la creciente irritación.

—Ah, sí… yo también me alegro de verte —murmuró ella sonrojándose un poco—. Pero de verdad que no necesito tu ayuda en este caso.

—Relájate, Ruby —Sam tomó finalmente asiento frente a ella en el escritorio—. Tengo fama de ganar todos mis casos, y sé que tú también. Creo que la idea de Drew es que juntos podemos crear un equipo increíble.

—¿Y si yo no estoy de acuerdo? —preguntó Ruby con tono tenso.

Sam la miró y vio cómo elevaba la barbilla en un gesto desafiante.

—La decisión no es tuya.

Ella murmuró algo entre dientes y luego le miró como lanzándole puñales .

—Muy bien. Haz lo que quieras. No puedo evitar que llegues y te hagas con el poder, ¿verdad?

Sam se pasó la mano por el pelo en un gesto de frustración.

—Nadie está cuestionando tu habilidad para llevar este caso, Ruby. Pero esto es una demanda colectiva y vas a necesitar consejo de un socio senior te guste o no.

Ruby soltó un suspiro y dejó caer un poco los hombros.

—Ya no es una demanda colectiva. Otro cliente se acaba de rajar y ya solo quedan seis.

—¿Seis? —aquello le impactó—. Empezaste con diecinueve.

—Lo sé. Carter Jones y sus esbirros han estado intimidándolos. Pero los seis que quedan quieren seguir adelante y mi intención es seguir con ellos.

Sam tamborileó con los dedos en el reposabrazos de la silla. Seis no iba a ser suficiente para derrotar a Jones.

—Organiza una reunión con los diecinueve —afirmó con decisión—. Yo hablaré con ellos.

Sam observó cómo se mordía el labio inferior y sintió la reacción de su cuerpo. Era consciente de que no le gustaba que trabajara con ella y ahora sabía que no se debía solo a una cuestión de ego. Lo que solo dejaba otro asunto.

—¿Y ahora qué pasa? ¿Hay alguna otra razón por la que no quieras trabajar conmigo?

—Yo no he dicho que no quiera trabajar contigo —Ruby dejó escapar un suspiro—. Eres el cuñado de Miller. ¿Por qué no iba a querer?

–Tal vez porque entre nosotros hay más historia que mi hermano y su mujer –afirmó Sam con frialdad–. Tal vez porque te he besado.

Un atisbo de pánico se asomó a sus ojos verde esmeralda antes de que los cerrara y se llevara un vaso de agua a los temblorosos labios.

–Eso fue hace dos años y no tiene nada que ver con esto. Fue un impulso de una noche y no significó nada.

A Sam no le gustó escuchar aquello, aunque él se lo había repetido muchas veces. Pero lo que ocurrió dos años atrás no era nada comparado con lo que sucedió entre ellos el viernes por la noche.

–Teniendo en cuenta que no nos hemos vuelto a ver desde entonces –continuó Ruby–, deberíamos… deberíamos olvidar que sucedió.

Sam se la quedó mirando un instante.

–Pero sí nos hemos vuelto a ver, Ruby –su ego disfrutó presionándola durante un instante–. En la boda de Miller y Tino hace casi un año, ¿no te acuerdas? Y, por cierto, ¿cómo está tu amigo el banquero?

Ella frunció el ceño un breve instante.

–Ah, te refieres a Chester. No es banquero, es agente de bolsa. Y no sé cómo está. Supongo que bien. Bueno, volviendo al tema…

«Increíble», pensó Sam con creciente incredulidad. No iba a reconocer lo del viernes por la noche. Apretó las mandíbulas. Porque por muy irracional que fuera, quería que Ruby admitiera que sabía perfectamente a quién había recibido en su impresionante cuerpo, y quería volver a tenerla, húmeda y caliente solo para él.

Pero no podía hacer eso. Trabajaba para él. Razón de más para utilizar el cerebro y dejar que las cosas entre ellos tuvieran una muerte natural.

–¿Qué te parece si olvidamos nuestras… interactuaciones del pasado ya que vamos a trabajar juntos? –preguntó Ruby aclarándose la garganta.

Al ver que no le respondía al instante, Ruby alzó una ceja. Su mirada fría era como ponerle un capote rojo a un toro airado, y Sam ignoró su autoconsejo anterior de recular y se le lanzó directamente a la yugular.

–El viernes por la noche –dijo con una sonrisa despiadada–. ¿Lo pasaste bien el viernes por la noche?

Una veloz oleada de emoción le oscureció los ojos a Ruby, pero al instante parpadeó. Cuando volvió a hablar lo hizo con tono pausado y frunció el ceño lo justo para que su confusión pareciera auténtica.

–¿Por qué me preguntas sobre el viernes por la noche?

«Dios, sería una oponente formidable en el juzgado», pensó él con admiración sin poder evitarlo.

–Por nada –Sam forzó una sonrisa despreocupada–. Miller mencionó que trabajas muchas horas incluidos los fines de semana. No quiero que te quemes.

–Ah –Ruby miró hacia la puerta como si quisiera que se abriera por arte de magia y lo sacara de allí–. No me voy a quemar. Gracias por preguntar.

Ruby se pasó un dedo por la comisura del ojo como si quisiera controlar una contracción nerviosa. Sam sonrió todavía más. Ah, claro que lo sabía. Sabía que él era el hombre que había estado dentro de su cuerpo en la fiesta, el hombre que la había complacido tanto y tan íntimamente que tuvo que sostenerla nada más acabar para que no se cayera. Ahora estaba completamente seguro. Y que lo asparan si aquello no tranquilizó a su frágil ego.

–De nada –murmuró Sam abrochándose la chaqueta, dispuesto ya a marcharse–. Por favor, convoca una reunión con todos los clientes de Star Burger –se acercó a la puerta y se giró justo antes de salir–. Y gracias por tu tiempo, Ruby. Ha sido muy revelador.

Capítulo 4

RUBY se revolvió en el asiento en cuanto Sam cerró la puerta del despacho tras él.

Dios, nunca iba a poder trabajar con él. Era demasiado peligroso para su equilibrio. El modo en que la había mirado, con tanta pasión e intensidad… y cuando le preguntó sobre el viernes por la noche… entornó la mirada al recordar su expresión anodina. Seguro que le estaba tomando el pelo, pero Sam era un maestro de la inescrutabilidad.

—Toma estas cajas –dijo Veronica colocando dos cajas de cartón encima del escritorio de Ruby–. Sé que tienes mucho que hacer hoy, así que yo me ocuparé de guardarlo todo. Tú solo recuerda que mañana cuando termines en el juzgado tienes que ir al nuevo edificio. Estamos en la planta ejecutiva –alzó las cejas–. Voy a hacer todo lo posible por conseguir un despacho con vistas al puerto.

En aquel momento llamaron a la puerta con los nudillos.

—La reunión de Werner empieza en cinco minutos, Ruby –Grant Campbell, uno de los socios del bufete, asomó la cabeza por la puerta–. Estamos en la sala de juntas cuatro.

—Voy para allá –dijo ella agarrando el ordenador portátil y dejando caer los informes de cinco casos en el intento–. ¿Has tenido alguna vez la sensación de que deberías haberte quedado unos días en la cama? —preguntó mirando a Veronica.

—Todo el rato —bromeó la otra mujer.

Y así fue en general el día de Ruby, ir de aquí para allá con la lengua fuera tratando de seguir el ritmo del trabajo hasta que aquella noche cayó en la cama tan cansada que ni siquiera pensó en Sam.

El miércoles por la noche sentía que tenía las cosas un poco bajo control, aunque también empezaba a sentir los nervios a flor de piel. Miró hacia la vista de la Opera House desde la ventana de su nuevo despacho. Veronica había conseguido un gran espacio para ellas en la impresionante torre. Ruby estaba preguntándose si tendría tiempo para aprender a utilizar la cafetera de diseño de la cocina cuando sonó su teléfono. Bajó la vista y vio un mensaje de Grant relacionado con el caso Star Burger. Al parecer, ya habían llegado algunos de los diecinueve querellantes y esperaban en la sala de juntas.

Ruby le dio las gracias, se levantó de la silla y agarró las notas del caso junto con el ordenador.

Le había enviado a Sam información el día anterior por la mañana por correo electrónico, pero él le había pedido que se pasara por su despacho una hora antes de la reunión para repasar la estrategia juntos. Era lo último que deseaba hacer teniendo en cuenta que había conseguido evitarlo durante los dos últimos días, pero no le quedaba más remedio.

Aquel día no podría esconderse en el despacho si le parecía haberlo oído al otro lado de la puerta, o girar cuando lo veía de frente en el pasillo. La fijación que tenía con el lugar en el que podría encontrarse empezaba a volverla loca.

Ruby se puso sus zapatos de tacón favoritos y

comprobó que tenía bien extendido el lápiz de labios rojo antes de dirigirse al final del pasillo y llamar a la puerta del despacho de Sam.

Sam salió de detrás de su escritorio de cristal cuando Ruby entró en su guarida. Tenía una expresión indescifrable. Se fijó en su impresionante físico y en la camisa azul claro, la corbata azul marino y el traje gris. Tenía el aspecto del abogado exitoso que era y Ruby sabía que los clientes se quedarían impresionados con su poderosa aura.

—¿Por qué tienes el ceño fruncido? —le preguntó Sam con voz grave.

«Respira hondo», se dijo Ruby. Aquel caso era demasiado importante para ella, y le preocupaban de verdad sus clientes, chicos casi adolescentes recién llegados al país, algunos apenas hablaban el idioma. Star Burger tendría que haberles proporcionado un lugar de trabajo que representara la igualdad de la que los australianos hacían gala. Pero no había sido así, y el trabajo de Ruby era demostrar que la dirección de la empresa no solo sabía que sus clientes no estaban siendo bien tratados, sino que la organización estaba podrida desde el nivel más alto al más bajo.

—Deja de morderte el labio inferior y dime por qué frunces el ceño —le pidió Sam.

—Me preocupa la reunión de hoy —reconoció ella—. Algunos de esos chicos han sufrido una experiencia traumática trabajando en Star Burger y me ha costado trabajo ganarme su confianza. No creo que volver a recordarlo todo vaya a ayudar.

Sam se sentó en uno de los sofás de cuero blanco desde los que se podía observar el cielo azul de verano sin nubes.

—Tendrán que repetir sus historias si van a juicio.

–Esa es la razón por la que la mayoría se ha retirado.

–No. La mayoría se ha retirado porque Carter Jones ha iniciado una sucia campaña contra ellos. Necesitamos recuperar esos clientes si queremos ganar y tú lo sabes. Ven, siéntate.

–No confían en el sistema –le dijo ella obedeciendo a regañadientes y tomando asiento en el sofá de al lado del suyo–. ¿Y por qué deberían hacerlo? No les ha hecho todavía ningún favor.

–Cambiarán de opinión cuando ganemos el caso.

Ruby frunció el ceño.

–Pero no los presiones demasiado, ¿de acuerdo? No te conocen.

Sam ladeó la cabeza y la observó con tal intensidad que se sintió incómoda.

–Te importan más esos chicos que ganar, ¿verdad?

–Me importa hacer lo que mis clientes quieren hacer –dijo Ruby colocándose el pelo detrás de la oreja. No quería que Sam pensara que era excesivamente emocional con sus casos.

–Sé lo que hago, Ruby –afirmó Sam sin dejar de mirarla–. Ayúdame a trabajar en la mejor estrategia para que los diecinueve chicos vuelvan a subir a bordo. Necesitamos que todos estén en la sala aunque no suban al estrado si queremos derrotar a Jones. Sé que te importan esos chicos, Ruby –añadió en tono suave–. No eres tan dura como me quieres hacer creer.

Ruby abrió la carpeta de informes y alzó la barbilla.

–Soy tan dura como quiero que pienses.

Sam sacudió la cabeza, se levantó del sofá y se sentó en el suyo rozándole el poderoso muslo contra la pierna. Ruby sintió una punzada de calor ante aquel ligero roce y ajustó disimuladamente la postura para apartarse un poco, ignorando su mirada de reojo.

—¿Preparado? —Ruby arqueó una ceja.

—Siempre —Sam le quitó el primer informe de la carpeta.

Tres horas más tarde, Ruby estaba impresionada con la manera en que Sam se había acercado al caso. Sabía lo que hacía y había hecho todo lo posible para que los chicos se sintieran tranquilos, haciéndoles preguntas inteligentes y sin presionarlos.

Ahora que la reunión estaba a punto de terminar, Ruby estaba deseando salir de allí. Toda una mañana tan cerca de su nuevo jefe y siendo tan consciente de su presencia la tenía con los nervios a flor de piel. Y un sexto sentido le decía que Sam sabía perfectamente lo que estaba sintiendo.

—Gracias a todos por haber venido hoy. Creo que si nos mantenemos juntos podemos ganar este caso —afirmó él—. Y también creo que es vital que lo ganemos. Vuestras vidas significan algo para nosotros, pero vosotros tenéis que creerlo también si queréis que se haga justicia, ahora y en el futuro. Sé que tenéis que pensar en todo lo que se ha dicho hoy, pero si pudierais enviarle un correo electrónico a Ruby a finales de esta semana con la decisión que hayáis tomado os lo agradeceríamos mucho.

Agradecida por que la reunión hubiera terminado, Ruby se puso de pie rápidamente y estrechó la mano de cada chico cuando salían por la puerta. Grant se detuvo a su lado y la miró como diciendo que todo había ido bien, pero, antes de que ella pudiera salir a su lado, Sam le pidió que se quedara un momento con un tono que no daba cabida a la discusión.

Ruby miró hacia atrás y lo vio apuntando unas notas en un archivo sin mirarla siquiera.

—Tengo que prepararme para otra reunión —dijo con tono educado—. ¿No puede esperar?

Sam alzó la mirada hacia ella y frunció el ceño.

—No, no puede esperar.

Consciente de que quizá había sobrepasado los límites del decoro profesional, Ruby se quedó allí de pie esperando tensa a que Sam terminara de tomar notas.

Y esperó. Y esperó.

Finalmente, se reclinó en la silla y la miró. Las largas pestañas ocultaban su expresión.

—¿Te importaría decirme a qué viene todo esto?

—¿A qué te refieres? —preguntó Ruby para ganar tiempo.

—A tus ganas de salir corriendo de aquí lo más rápidamente posible. Y no tienes ninguna reunión. Lo he comprobado antes con tu secretaria porque quería que te quedaras a repasar unos cuantos puntos importantes conmigo.

Irritada por su actitud, Ruby respondió:

—¿Cómo te atreves a pasar por encima de mí e ir a hablar con Veronica sobre mis movimientos? Si quieres conocer mi horario puedes preguntarme a mí.

—No he pasado por encima de ti. Estabas ocupada hablando y no encontré sentido a interrumpirte por esta nimiedad.

Ruby fue consciente de que estaba reaccionando de forma exagerada. Y además, Sam era su jefe y podía hacer lo que le viniera en gana. Así que aspiró con fuerza el aire y forzó una sonrisa.

–Muy bien. ¿Qué puntos importantes?

–Thabo y Jeremiah estaban especialmente nerviosos hoy y sus historias no encajaban con sus declaraciones originales. ¿Por qué?

–Jeremiah tiene una pequeña discapacidad mental. Esa era una de las razones por las que le ridiculizaban en su puesto de trabajo. Desde entonces toma medicación para controlar la ansiedad y creo que le causa problemas de memoria.

–Entonces deberíamos sacarlo de la lista de clientes. Sí, ya sé que se merece ser escuchado como los demás, pero tenemos que ser prácticos. Si se sube al estrado le presionarán y tal vez no lo resista. Y ahora háblame de Thabo.

–Tengo la sensación de que Thabo se ha presentado en nombre de otra persona que no se atreve a salir –Ruby se colocó un mechón de pelo detrás de la oreja y se dio cuenta de que Sam siguió el movimiento con la mirada–. Creo que podría tratarse de una mujer. No sé si te has dado cuenta de que no hay ninguna mujer en el caso porque están demasiado asustadas para dar un paso al frente. Creo que por eso Thabo está a la defensiva.

–Y eso también le convierte en un eslabón débil –Sam frunció el ceño–. Pero las mujeres necesitan compensación exactamente igual que los hombres. ¿Podrías averiguar si alguna de ellas querría participar en el caso?

–Por supuesto –Ruby se aclaró la garganta, consciente de pronto de que se había acercado a él durante la discusión–. ¿Eso es todo?

–No sé, dime tú –su tono rudo no hizo nada por calmar sus nervios.

—No tengo nada más que decirte —dijo con cuidado, enervada por la tensión sexual que de pronto permeó el aire entre ellos.

—Yo creo que sí.

El modo en que la miró la revolvió por dentro. Estaba muy atractivo con las mangas de la camisa remangadas y el botón superior desabrochado.

—Creo que ya va siendo hora de que hablemos del elefante que hay en la habitación, ¿no te parece?

—¿Elefante? —Ruby creía saber hacia dónde se dirigía—. No hay ningún elefante.

—Entonces, ¿por qué me estás evitando constantemente?

Ruby buscó una explicación y le salió lo primero que se le pasó por la cabeza.

—Ya que quieres saberlo, creo que no podemos trabajar bien juntos.

—¿Por qué no?

Aquella era una pregunta que no tenía intención de contestar.

—La razón no es importante —odiaba ponerse tan a la defensiva—. Te respeto como abogado y como jefe. Lo que no respeto… —le miró a los ojos al darse cuenta de lo que estaba a punto de decir.

—¿Qué es lo que no respetas, Ruby? —le preguntó con tono suave—. No me respetas como hombre. ¿Es eso lo que ibas a decirme?

Sí, porque, ¿cómo iba a respetar a un hombre que tenía sexo de manera aleatoria con mujeres que no sabía siquiera cómo se llamaban?

—No he dicho eso, lo has dicho tú. Pero no le veo el sentido a que esto sea algo personal. Solo servirá para hacer las cosas más difíciles.

Sam soltó una áspera carcajada.

–Es un poco tarde para eso, ¿no te parece? Las cosas entre nosotros no pueden ser más personales.

–Si te refieres a que quisiera salir pronto de la reunión, yo…

–No me refiero a eso –la interrumpió Sam mirándola a los ojos de forma perturbadora–. Me refiero al viernes por la noche.

Esperó unos segundos, pero Ruby no abrió la boca.

–Al viernes pasado por la noche, para ser exactos –al ver que ella continuaba muda esbozó una sonrisa burlona–. Ya sabes. Tú y yo. Sexo salvaje en el jardín durante una fiesta. ¿O vas a decirme que no eras tú la del vestido lavanda y la máscara de encaje negro?

Oh, Dios. Qué equivocada había estado.

Sam lo sabía. Lo sabía. Las palabras resonaron en el interior de su cabeza. Sus miradas se cruzaron y Ruby no fue capaz de apartar la suya de aquellos preciosos ojos marrones.

–Veo que quieres seguir negándolo –murmuró él con un tono que daba a entender que no se sentía en absoluto intimidado–. Y eso es un poco decepcionante, como mínimo.

–No voy a negarlo –afirmó Ruby con aspereza. Se sentía mortificada al recordar cómo le había rogado aquella noche.

–Bueno, eso es un comienzo –reconoció Sam mirándola de una forma tan penetrante que sintió que sus defensas se derrumbaban.

¿Qué había en Sam que lo hacía tan mortalmente atractivo para ella? No era justo.

–¿Un comienzo para qué? –preguntó Ruby dándose cuenta por primera vez de que estaba realmente molesto, aunque no entendía la razón. Ella no le había pedido nada ni le había llamado por teléfono como una loca enamorada. ¿No debería alegrarse en lugar de mirarla con el gesto torcido?

—Para que seas sincera. Me preguntaba si ibas a intentar echarle la culpa al alcohol. Decir tal vez que habías bebido tanto que no sabías lo que hacías. Que no sabías con quién lo estabas haciendo.

«¡Ojalá pudiera hacer eso!». Pero ¿qué esperaba Sam que dijera? ¿Que le había encontrado tan irresistible que no había sido capaz de parar? ¿Que se había preguntado durante tanto tiempo cómo sería la intimidad con él que cuando por fin sucedió no quiso parar?

—Sabía lo que estaba haciendo —alzó la barbilla, decidida a que Sam nunca supiera lo profundamente afectada que estaba por la intimidad que habían compartido… y cuánto lo había disfrutado—. Y no estoy avergonzada por lo sucedido.

Sam torció el gesto.

—¿Y no pensabas mencionarlo nunca?

—No —respondió Ruby tras una breve pausa. El corazón le latía con fuerza dentro del pecho.

—Tenías un picor y te rascaste —Sam esbozó una sonrisa fría—. ¿Es eso?

Abrumada por la fuerza del comentario, Ruby frunció el ceño.

—No es necesario ser tan grosero.

¿Así había sido para él? Ruby se sintió un poco mal al pensarlo, y recordó al instante cómo Sam había maldecido entre dientes antes de ayudarla a ponerse de pie.

—Pero sí, supongo que se puede decir así. ¿Cuál es tu excusa? ¿O no necesitas ninguna? Eres un hombre y yo era una mujer disponible. Así es como va la historia, ¿no?

Se hizo un silencio sepulcral tras la acusación y cuando Sam volvió a hablar lo hizo con tono seco.

–Eso implicaría que yo habría sacado más beneficio de nuestro acto amoroso que tú. Y no lo recuerdo así.

La vergüenza por el modo en que le había suplicado le quemó la garganta.

–¿Acto amoroso? Venga ya, Sam. Al menos vamos a llamarlo por su nombre.

–Por supuesto –él apretó las mandíbulas–. Ilústrame.

Ruby apretó el portátil con más fuerza.

–Fue sexo. Un gran sexo, por cierto. Un diez sobre diez para ti, pero, de todas formas, solo sexo.

–No fue un diez en absoluto –la corrigió Sam.

Ruby sintió una punzada de dolor, como si le hubiera dado un latigazo.

Los oscuros ojos de Sam le mantuvieron la mirada, como si supiera exactamente dónde la había llevado la mente.

–Diez sobre diez habría sido en una cama, desnudos y toda la noche juntos.

–Ah.

Sin saber dónde mirar, Ruby observó de reojo cómo se acercaba a la ventana y miraba hacia fuera. Sin tener su mirada encima se sintió un poco más cómoda, pero la tregua le duró poco porque enseguida se giró para mirarla.

–Hay algo que quiero saber.

Ruby contuvo el aliento al escuchar su tono serio.

–¿Qué?

–¿Fue tu primera vez?

Aquello la pilló completamente desprevenida y parpadeó. ¿Tan obvio había sido? Sam soltó una palabrota entre dientes.

Roja como un tomate, Ruby se dio la vuelta para marcharse.

—No usamos protección.

Sus palabras cayeron sobre ellos como una losa, obligando a Ruby a detenerse.

—Estoy tomando la píldora.

Sam la miró con los ojos entornados.

—¿Qué hace una virgen tomando la píldora?

—Porque mi idea era tener relaciones sexuales esa noche con alguien y tú fuiste el afortunado. ¿Qué más te da?

—Me preocupa que te haya podido dejar embarazada —reconoció Sam—. Un embarazo no deseado es lo último que nos conviene a ninguno de los dos.

La imagen del bebé de Sam Ventura creciendo en su vientre provocó algo extraño en el equilibrio de Ruby. Sin querer pararse a considerar que ninguna de esas cosas fuera mala, sacudió la cabeza.

—No te preocupes, no estoy embarazada.

Un segundo cargado de emociones transcurrió entre ellos y en lo único que Ruby pudo pensar fue en la sensación de aquella boca sexy en la suya y en lo mucho que deseaba volver a sentirla allí.

En el fondo lamentaba haberse acercado a Sam aquel día en el bar dos años atrás. Había desencadenado una serie de deseos y necesidades en su interior que nunca pensó que él satisficiera. Odiaba los sentimientos románticos que había despertado en ella al principio y tenía miedo de que si se entregaba a él, si se entregaba de verdad, tomaría más de lo que estaría dispuesto a darle y derribaría todas las barreras que había colocado para mantenerle alejado.

—Te pido disculpas —dijo entonces él con cierto tono de disgusto—. No debería haber pasado.

¿Estaba diciendo que no deberían haber tenido relaciones sexuales? Aquello hizo que en cierto modo se sintiera peor. Ruby no necesitaba más pruebas de lo distinta que había sido aquella experiencia para ambos. Ya había visto el arrepentimiento en su rostro; no necesitaba verlo otra vez.

–No, por favor –alzó las manos como si quisiera alejarle, pero él seguía en el otro lado de la habitación–. Los dos somos adultos, y fue decisión mía también.

–No estaba disculpándome por el sexo, Ruby –sus ojos marrones brillaron fieramente–. Me estoy disculpando por no protegerte. Por ser… brusco.

–No fuiste brusco –le aseguró ella con voz ronca.

Sam le dirigió una mirada penetrante.

–Tendría que haberme dado cuenta de que no tenías experiencia. Soy un hombre y mi trabajo es cuidar de una mujer en esa situación.

–No estoy de acuerdo. Esto es el siglo XXI. Las mujeres se han emancipado, por si no te has dado cuenta.

Sam apretó las mandíbulas de manera casi imperceptible.

–La emancipación no tiene nada que ver con lo ocurrido el viernes por la noche –gruñó–. Pero digamos que no es el modo en que suelo comportarme con las mujeres.

La mención de otras mujeres hizo que Ruby suspirara. Aquella era una información que no deseaba tener en mente.

–Mira, ¿qué te parece si dejamos el tema? –seguro que había asuntos mucho más importantes y menos conflictivos de los que hablar. O podían salir ambos de la sala y fingir que aquella conversación nunca había tenido lugar–. ¿No tienes ninguna reunión a la que asistir?

Sam ignoró la pregunta y rodeó la mesa de modo que estuvo a un metro escaso de ella.

–¿Por qué te fuiste corriendo después?

Ella le miró a los ojos, asombrada por la pregunta.

–¿Perdona?

–Es una pregunta muy sencilla, Ruby. Quiero saber por qué te fuiste antes de que volviera con el agua. ¿Te asustaste por algo?

Al tenerlo ahora tan cerca no pudo evitar la sensación de calor y de poder masculino que emanaba de él. También había algo de impaciencia, como si quisiera salvar la distancia entre ellos y tomarla entre sus brazos otra vez. ¿O era ella la que quería que ocurriera?

Sacudida por la inesperada visión de cómo estaría desnudo, y desesperada por poner fin a aquella atracción, Ruby sacudió la cabeza.

–No me pasaba nada. Pero no le veía el sentido a quedarme allí.

Por no mencionar lo rápido y fácilmente que le había hecho sentir cosas. El terror que le daba la facilidad con la que se había dejado llevar por la atracción. Le había hecho sentirse débil e impotente; dos estados en los que había visto con frecuencia a su madre en su relación con los hombres.

–Quiero decir, no creo que ninguno de los dos estuviera pensando en repetir la actuación, ¿no?

Sam apretó las mandíbulas.

–Tú no tienes ni idea de lo que yo quería, pero habría sido de buena educación por tu parte esperar a que volviera. No sabía si te había hecho daño de alguna manera.

–No me hiciste daño, Sam –se apresuró a afirmar ella, los recuerdos del placer que le había dado le provocaron un temblor en las rodillas–. Y no me asustaste. Solo… solo quería dejar aquel incidente atrás lo antes posible.

–¿Incidente? Ni que hubiera sido una avería del coche –le espetó él.

–Ya lo sé. De verdad, prefiero no hablar del tema si a ti te da igual.

–Ya lo veo –a Ruby no le gustó el brillo decisivo de sus ojos ni el modo en que dio un paso adelante–. Pero dudo mucho que seas capaz de dejar este «incidente» atrás.

Ruby sintió una oleada de calor. Le resultaba muy difícil dejar atrás algo que regresaba cada noche en tecnicolor cuando se iba a acostar.

–Dios, qué arrogante eres –Ruby dio un paso hacia él sin saber bien lo que hacía–. Pero da igual cómo sean las cosas. Ahora trabajamos juntos. Eres mi jefe.

Sam frunció el ceño.

–Yo no sabía eso el viernes por la noche. Drew no me envió una lista con los nombres de todos los empleados.

–Entonces, ¿si hubieras sabido que iba a trabajar para ti no habría sucedido? –lo retó.

–Lo creas o no, no era mi intención llevar las cosas tan lejos, Ruby.

–¡O sea, que me culpas a mí!

–No –Sam se puso en jarras y la miró fijamente–. Maldita sea, ¿puedes dejar de ser tan testaruda? Te estoy diciendo que nunca mezclo el trabajo con el placer, y normalmente suelo invitar a las mujeres a cenar antes de acostarme con ellas.

–Nosotros no nos acostamos, Sam –se hizo un silencio cargado después de aquella frase, y Ruby tenía la sensación de que él estaba recordando lo que habían hecho, exactamente igual que ella.

—Técnicamente —murmuró él son sequedad.

—Y el tema es baladí, porque no va a volver a ocurrir. Y para que lo sepas, yo tampoco mezclo el trabajo con el placer.

Afortunadamente, no tendría que pensar en ello mucho más tiempo, decidió al recordar la conversación que había escuchado el día anterior entre sus compañeros. Pedir una plaza transoceánica no era algo que hubiera entrado en sus planes en el pasado, pero tal vez fuera exactamente lo que necesitaba. Y sin duda podía considerarse una decisión un poco impulsiva y ella no había sido nunca la impulsiva de la familia, pero comparado con tener relaciones sexuales en el jardín de una fiesta con un hombre al que apenas conocía, un traslado laboral resultaba nimio.

—Tampoco quiero empezar una relación con ningún hombre a corto plazo, en caso de que te lo estés preguntando. Mi trabajo es lo primero.

—Bueno, no recuerdo haber dicho nada de una relación —se burló Sam.

—Lo siento —respondió ella con tirantez—. Quería decir aventura, o lío, o como sea que llames a tus historias.

Sam volvió a apretar las mandíbulas.

—Estás poniendo a prueba mi paciencia. Lo sabes, ¿verdad?

Ruby se libró de tener que responder porque uno de los abogados asomó la cabeza por la puerta.

—Oh, lo siendo —dijo poniéndose un poco rojo al reconocer a Sam—. Pensé que la última reunión ya había terminado.

–Y así es –aseguró Ruby alzando la barbilla en dirección a Sam. Al ver que él no respondía al instante frunció el ceño–. Hemos terminado, ¿no es así, señor Ventura?

Él la observó con unos ojos duros que veían demasiado para su gusto y revelaban muy poco.

–Hemos terminado –dijo finalmente–. Por ahora.

Capítulo 5

H A VENIDO a verte Allison, de Recursos Humanos –dijo Veronica asomando la cabeza en el despacho de Ruby–. ¿Tienes un momento?

–Claro –Ruby dejó a un lado las notas que estaba leyendo sobre un nuevo caso e invitó a Allison a entrar.

Tampoco estaba siendo demasiado productiva. Eran las cinco de la tarde del viernes y había perdido la concentración hacía como una hora. O tal vez más. Al menos ese viernes por la noche se iba a dirigir directamente a su apartamento, donde habría vino, su serie de abogados favorita y Ben y Jerry estarían esperándola.

–Hola –Allison se sentó frente a ella–. He recibido tu correo y pensé que sería mejor venir en persona para comprobar que realmente estás interesada en ese traspaso antes de ponerme a ello.

Ruby se colocó un mechón de pelo detrás de la oreja. Tras el desastroso encuentro con Sam había enviado un correo electrónico a Allison solicitando un traslado, pero ahora no estaba tan segura al respecto. Desde luego, se sentiría más cómoda si supiera que Sam no podía asomar la cabeza en su despacho cuando menos se lo esperaba, ¿pero mudarse a otro país no era un poco drástico?

«Diez sobre diez habría sido en una cama, desnudos y toda la noche juntos».

De acuerdo. Tal vez no fuera tan drástico.

–Sí, me interesa. No me importaría expandir mis horizontes y ponerme a prueba –Ruby se encogió de hombros–. Dicen que los cambios son buenos.

–Pues estás de suerte –aseguró Allison–. Pronto habrá dos vacantes nuevas, una en Estados Unidos y otra en Londres. ¿Tienes alguna preferencia o te inscribo en las dos?

Sam había trabajado previamente en Estados Unidos. Si se trasladaba allí y él volvía, la maniobra no tendría ningún sentido.

–Londres –afirmó con tono decisivo.

–De acuerdo –Allison se puso de pie–. Me aseguraré de que tu nombre esté el primero de la lista. Ah… hola, Sam –la mujer se echó a un lado para permitir el paso al despacho al hombre que Ruby intentaba evitar por todos los medios–. Buen fin de semana a los dos –se despidió agitando la mano.

Ruby ignoró las mariposas que sintió en el estómago al verse sola con él y le miró a los ojos.

–¿Qué puedo hacer por ti? –preguntó con la esperanza de sonar profesional y desapegada.

Sam se quedó mirando la figura saliente de Allison.

–¿Tienes problemas con Recursos Humanos?

–No –seguramente, Sam tenía derecho a conocer como socio director sus planes a largo plazo en el bufete, pero no tenía intención de compartirlos con él en aquel momento.

–Bien –Sam avanzó más hacia el interior del despacho y cerró la puerta tras él–. He recibido tu correo diciendo que ahora tenemos a quince de los demandantes originales y también a cinco mujeres. Es una gran noticia.

–Lo es –reconoció Ruby–. Ya tenemos caso otra vez. Gracias a ti. Si no hubieras insistido en reunirte con ellos tendríamos por delante una batalla muy ardua.

–No me des las gracias. Todavía tenemos por delante una batalla muy ardua, pero ahora somos un equipo. Si necesitas cualquier cosa, me gustaría pensar que cuentas conmigo.

Ruby asintió y tragó saliva para pasar el nudo que se le había formado en la garganta. Se preguntó cómo sería si fueran de verdad un equipo sin aquella incómoda tensión entre ellos.

–Te agradezco la oferta –murmuró–. Pero estoy bien. La semana que viene empezaremos con el proceso y habrá una montaña de documentos que revisar.

–Lo sé –afirmó Sam–. Pero Star Burger no es la única razón por la que estoy aquí. La editorial Lawson celebra su conferencia nacional este fin de semana y se supone que Drew tiene que ir al discurso de agradecimiento que darán esta noche por el trabajo que hizo el bufete para ellos el año pasado. Mandy no se encuentra muy bien, así que me ha pedido que vaya yo –se rascó la barba incipiente–. Dado que el director y yo no nos conocemos y tú has trabajado codo a codo con él en un par de ocasiones, Drew pensó que sería buena idea que vinieras conmigo. No debería llevarnos más de una hora. Dos como máximo.

En el pasado, a Ruby no le habría importado representar al bufete en un evento así. Lo había hecho en más de una ocasión. ¿Pero con Sam? Controló la respiración mientras le sostenía la mirada.

–Somos libres para irnos cuando termine el discurso –continuó él–. Pero antes de eso tenemos que alternar un poco con la gente.

Alternar con la gente no era lo que la preocupaba.

—Yo... yo...

«¿Tengo una cita con una tarrina de helado? ¿Tengo que lavarme el pelo? ¿Hacerme las uñas?».

—¿Sí? —preguntó Sam despreocupadamente apoyándose en una esquina del escritorio sin apartar la mirada de ella—. ¿No se te ocurre nada peor que pasar una velada a solas conmigo?

—No me parece que acudir a un evento empresarial sea pasar la velada a solas contigo.

—A mí tampoco me lo parece. Entonces, ¿a qué viene esa cara de disgusto? —le recorrió el rostro con la mirada—. ¿Te desilusiona no pasar la velada a solas conmigo?

El recuerdo de lo sucedido entre ellos una semana atrás, cómo había respondido a él, pesaba entre ellos.

—Por supuesto que no —Ruby alzó la barbilla mientras trataba de calmar su agitado corazón—. Pero a lo mejor ya tenía una cita esta noche...

—Pues tendrás que cancelarla —afirmó él. Y no se trataba de una sugerencia.

Ruby quería decirle que, si de verdad tuviera una cita, no haría nada parecido, pero su mirada la acalló.

—Muy bien —suspiró—. Afortunadamente para ti, creo que el trabajo es lo más importante.

—El trabajo nunca es lo más importante —afirmó Sam convencido—. Pero esto es un evento empresarial y tu compromiso con el bufete queda anotado.

—Qué suerte la mía —Ruby cerró el tomo que estaba consultando con un golpe seco—. ¿En qué hotel se celebra la conferencia? Podemos vernos allí.

—No será necesario —Sam se apartó del escritorio—. He pedido un coche.

Atrapada en el asiento posterior de un coche con Sam Ventura en la hora de máximo tráfico…

–Genial –dijo con una sonrisa de oreja a oreja.

Sam dejó de escuchar el largo discurso y dirigió la atención a la rubia que estaba sentada a su lado. No le resultó difícil, el cuerpo ya era tan consciente de su presencia que le dolía.

El día anterior había decidido ignorar la atracción que existía entre ellos. Ya la había visto más de una vez darse la vuelta en el pasillo cuando le veía venir y le había molestado mucho. ¿Qué se creía que iba a hacer? ¿Agarrarla del pelo y llevársela a una cueva para hacerla suya? Ya le había dicho que nunca mezclaba el trabajo con el placer, y era una norma que nunca había roto.

«Antes».

Sam compuso una mueca. La verdad era que todavía la deseaba mucho y no le importaba que trabajara para él. No le importaba nada más que tomarla entre sus brazos y verla estremecerse de nuevo hasta que de sus labios saciados no pudiera salir otra cosa que su nombre. Era un deseo que no tenía sentido, pero tampoco era capaz de luchar contra él.

La idea de dejarse arrastrar por las pasiones era un anatema para él. Sí, perseguía las cosas que deseaba, y sí, normalmente las conseguía, pero no era un amante del riesgo como Tino ni necesitaba ganar a toda costa como Dante. Él era el hermano despreocupado.

Excepto en lo que se refería a Ruby Clarkson.

Le dio un buen sorbo a su copa de champán y dejó escapar un largo suspiro. Ignorar la atracción que sentía por aquella mujer solo servía para acrecentar el deseo. ¿Lograría resolverlo con una noche más? Una noche más con sus condiciones para sacarse del cuerpo aquella loca atracción.

Se dio cuenta de que Missy Lawson, la recién divorciada hija del presidente, estaba intentando ligar con él y miró a Ruby de reojo. Tenía el pelo suelto, dos largos y brillantes mechones de pelo dorado le enmarcaban el rostro, y llevaba un vestido negro lo bastante largo para ser discreto en el trabajo y lo bastante corto para mostrar sus sensacionales piernas.

–Es hora de irse –gruñó en voz baja y notando el leve temblor que la recorrió cuando le puso la mano en la parte baja de la espalda.

–El discurso no ha terminado todavía –susurró ella.

–Lo sé –Sam miró hacia atrás y vio que Missy se estaba acercando más–. Yo no le diré nada a Drew y tú tampoco.

Ruby miró detrás de él y luego le miró a los ojos con una expresión traviesa que le recordó a la Ruby que conoció en aquel bar dos años atrás.

–Parece que Missy quiere hablar un poco más contigo.

Sam la agarró suavemente del brazo.

–Por eso precisamente nos tenemos que ir.

Estaba a punto de guiarla a escondidas hacia la salida cuando el discurso eligió aquel momento para terminar. Siguieron unos educados aplausos y antes de que Sam pudiera volver a tomar el control de la situación, vio que su camino estaba bloqueado por alguien. Esa vez un hombre.

–Ruby –Chester Harris, el agente de bolsa de la boda de Tino y Miller, se lanzó hacia ella como un misil.

–Sam –Missy Lawson hizo lo mismo, colocándose a su lado.

–Chester –dijo Ruby sorprendida.

–Missy –murmuró Sam apretando los dientes–. Justo nos estábamos yendo.

–Mi padre quiere hablar contigo de un asuntillo legal –ronroneó la joven–. No llevará mucho tiempo.

Sam desapretó las mandíbulas el tiempo suficiente para decirle a Ruby que no serían más de cinco minutos.

–No pasa nada –aseguró ella–. Puedo volver sola a casa.

Sam la detuvo con una mirada.

–Ni se te ocurra irte sin mí esta vez, Clarkson –su tono encerraba una clara amenaza.

Los ojos de Ruby relucieron como esmeraldas pulidas bajo la brillante luz del salón de baile del hotel. Sam no supo si el breve asentimiento de cabeza indicaba que iba a esperar o que no, y le irritó todavía más ver que permitía que Chester Harris la tomara del brazo mientras se alejaban. ¿Sería él la cita que había tenido que cancelar para poder estar allí con él?

Darse cuenta de que el nudo que se le había formado detrás de la caja torácica eran celos solo sirvió para ponerle de peor humor. Tenía que controlar cómo le hacía sentirse Ruby Clarkson.

Treinta minutos más tarde le había asegurado a John Lawson que su último autor no había roto ninguna ley de derechos de autor, le había ofrecido a Missy lo que consideraba una sonrisa educada y fue en busca de Ruby.

La tensión, que ya le había subido antes al ver el modo posesivo en el que Harris la agarró, le subió un poco más al ver que la tenía acorralada contra una de las grandes columnas de la sala.

–Harris –lo saludó con una voz baja y amenazadora–. No esperaba verte aquí esta noche.

–Sam Ventura –respondió el otro hombre con una sonrisa–. La última vez que nos vimos fue en la boda de tu hermano, si no recuerdo mal.

–Puede ser –Sam ignoró a Harris y clavó la vista en Ruby–. ¿Nos vamos?

–¿Ya os vais? –Harris abrió mucho los ojos con interés–. ¿Juntos?

–Hemos venido juntos –se apresuró a explicar ella–. Compartimos coche.

Habían compartido mucho más que un coche y en aquel momento a Sam le importaba un bledo que Harris lo supiera.

–Y ahora nos vamos juntos –intervino poniendo la mano en la parte baja de la espalda de Ruby para guiarla hacia la salida.

Ruby se apartó y sonrió a varios delegados mientras salían de la sala.

–¿Por qué has tenido que decir eso? –susurró entre dientes frunciendo el ceño cuando el chófer de la limusina abrió la puerta de atrás.

–Sube –Sam ignoró la pregunta y la urgió a entrar, colocándose en el asiento de cuero frente a ella.

–¿No vas a responder a mi pregunta? –inquirió Ruby enfadada.

–No.

–¿No? –Ruby casi dio un respingo en el asiento–. Acabas de decirle al mayor bocazas de Sídney que nos vamos juntos con un tono de voz que implicaba que «nos vamos juntos».

–Nunca entenderé cómo pudiste salir con alguien así.

–No salía con él.

–Me alegra saberlo. ¿Y por qué fuiste con él a la boda de Tino y Miller?

–Eso no es asunto tuyo.

Sam se dio cuenta de que se le ponían los hombros tensos y se sonrojaba. ¿Sería posible que se hubiera llevado a Harris a la boda solo para mantener a Sam a raya? Si era el caso, había funcionado.

–No importa, creo que lo entiendo. Te lo llevaste porque me deseabas pero no querías admitirlo.

–Tienes un ego tan grande que me sorprende que quepa en el coche.

–Y tú eres una insolente –Sam se inclinó hacia delante de modo que sus rodillas rozaron las suyas–. Insolente y susceptible. Y creo que es porque no puedes olvidar lo que pasó entre nosotros la semana pasada. Creo que no duermes bien porque no puedes olvidar la sensación de mis manos en tu cuerpo.

Ella parpadeó varias veces.

–Dime cuándo supiste que era yo –Sam se dio cuenta de lo importante que era para él aquella pregunta en cuanto la pronunció en voz alta.

Ruby frunció el ceño antes de responder.

–Soy yo la que debería hacer esa pregunta –le miró por encima del hombro–. Después de todo, eres tú quien aseguró que un hombre íntegro no debería olvidar nunca a una mujer que ha besado.

Sam tardó unos instantes en entender el comentario y luego se rio.

–Sabías que era yo casi desde el principio, ¿verdad? Bueno, eso ayuda mucho a mi ego. ¿Y entonces por qué el anonimato?

Ruby se revolvió incómoda en el asiento.

–Tal vez no quería hablar de tonterías.

–O tal vez hay algo más –dijo Sam sabiendo que había acertado al ver cómo entornaba los ojos.

–Ya te he dicho que soy yo la que debería hacer la pregunta –Ruby le miró con frialdad–. ¿Cuándo supiste que era yo?

Sam se reclinó en el asiento y trató de recordar cuándo fue la última vez que había disfrutado tanto hablando con una mujer.

–Lo supe en el momento en que clavaste esos fríos ojos verdes en mí –murmuró.

Ella le miró con repentino recelo.

–Si eso es así, ¿por qué no dijiste nada en el momento?

–Lo hice. Me ofrecí a llevarte las bebidas.

Ruby se mordió el labio inferior.

–Creí que estabas intentando ligar conmigo.

Una gigantesca sonrisa se extendió por el rostro de Sam.

–Así era.

–Oh…

Antes de que Ruby pudiera darle una buena respuesta sonó el claxon de un coche y el chófer frenó en seco soltando una palabrota entre dientes. El coche se detuvo bruscamente y Ruby salió disparada del asiento directamente a brazos de Sam.

Se le agarró a los hombros asombrada y contuvo el aliento. Sam lo supo porque tenía las manos a cada lado de su caja torácica, justo bajo los senos.

El coche volvió a avanzar y el chófer murmuró una disculpa mientras rodeaba a un taxi parado en medio del carril central.

–¿Qué ha pasado? –preguntó Ruby sin aliento.

–Ha sido el destino –murmuró él deslizando una mano bajo su melena y poniendo la boca en la suya.

En cuanto sus labios se encontraron, Ruby se abrió a él, y su lengua se mezcló con la suya en un ansioso abandono igual al suyo.

Ella gimió suavemente cuando la besó con más pasión y le clavó las uñas en los hombros.

–Sam –su nombre era una plegaria sensual en sus labios y mientras recibía sus besos y le hundía las manos en el pelo para atraerlo más hacia sí. El placer de tener su cuerpo apretado contra el suyo resultaba exquisito, su sabor explosivo. Sam quería recorrerla entera con la boca, succionarla y lamerla, especialmente entre los suaves y dorados muslos. Así se lo dijo, y el sonido sexy que ella emitió estuvo a punto de hacerle llegar al orgasmo.

–Sí, ángel, bésame así –sediento de más, Sam le abrió las piernas y la colocó a horcajadas en su regazo deslizando las manos por la parte exterior de los muslos y subiéndole el vestido a la altura del trasero. Ella se movió contra él en seductor abandono–. Por Dios, Ruby. Podría volverme adicto a tu boca –dijo mordiéndole suavemente el labio inferior.

Ella gimió y empezó a besarle la mandíbula y la barbilla. Parecía como si estuvieran encerrados en una habitación cálida y en penumbra. Solo los dos. Un hombre y una mujer en el estado más elemental. Sin pasado ni futuro entre ellos. Sin máscaras y sin huidas. Solo una rendición total y una química sexual que le volvía loco. Sam le deslizó los dedos por el borde de las braguitas de encaje, y el cerebro trató de advertirle de que estaba yendo demasiado lejos de nuevo. Que tenía que detener aquella locura porque…

–Señor Ventura, hemos llegado a nuestro destino.

Porque estaban en la parte de atrás de una limusina. Sabía que Ruby no había escuchado al chófer porque estaba intentando desabrocharle los botones de la camisa. Por un segundo pensó en decirle al chófer que siguiera, pero el sentido común pudo más.

—Ruby, cielo —le tomó las manos entre las suyas—. Tenemos que parar.

Ella parpadeó y su mirada apasionada se convirtió en hielo al instante.

—Oh, Dios —se apartó de su regazo y fue a caer torpemente en el asiento de enfrente. Se bajó el vestido con el arrepentimiento dibujado en su precioso rostro—. Claro que tenemos que parar.

—¿Igual que tendríamos que haber parado el pasado viernes por la noche?

—Exactamente.

—Y supongo que también querrás olvidar este «incidente» como «olvidaste» el último…

—Exactamente.

Por alguna razón, a Sam le irritó que respondiera aquello. Y también le molestó la capa de reina intocable que se colocó.

—Pero igual que yo, tú tampoco has olvidado el viernes pasado. ¿No es verdad, Ruby?

—Lo que es verdad es que trabajamos juntos, y seguramente Chester esté contando ahora historias libidinosas sobre nosotros.

—Y en este caso son verdad.

Sabía que no era justo intimidarla así, pero Ruby pretendía que se sintiera el único responsable de aquel beso, cuando había sido cosa de los dos.

Avergonzada al darse cuenta de que estaban aparcados frente a su casa, Ruby abrió la puerta del coche con excesivo ímpetu.

—Esto no volverá a pasar —afirmó con tono altivo—. Yo aprendo de mis errores, no los repito.

–Es una pena –Sam entornó los ojos y la agarró suavemente de la muñeca antes de que ella pudiera salir del coche–. Porque esta vez habría dicho que sí. Eso sí, te lo advierto: la próxima vez que ponga mi boca en la tuya estaremos en posición horizontal y me tomaré mi tiempo –hizo una pausa y luego le acarició suavemente la parte interior de la muñeca con el pulgar–. Pero me lo tendrás que pedir con amabilidad.

Ruby se soltó la mano y le lanzó una mirada fulminante.

–No puedes ni imaginarte lo mucho que te desprecio ahora mismo.

Sam soltó una carcajada.

–Ah, creo que sí puedo.

Observó las esbeltas líneas de su cuerpo cuando salió del coche. Cuando entró en el portal se reclinó en el asiento, le dio su dirección al chófer y se preguntó qué tenía aquella mujer que acababa con su sentido común. Ahora que se había dicho que debía buscar una mujer amable, de buen carácter que supiera apreciarle, deseaba a aquella con una intensidad que desafiaba a la lógica.

Ruby Clarkson era algo más que un simple enigma, era un monumental grano en el trasero.

Capítulo 6

RUBY se despertó a la mañana siguiente con un respingo y se sentó en la cama. Había tenido un sueño particularmente erótico de Sam y ella desnudos, sudando... y en posición horizontal.

Gimió, volvió a dejarse caer sobre la almohada y se quedó mirando al techo. La noche anterior había demostrado que su capacidad para mantener alejado al hombre que la perseguía en sueños y con el que fantaseaba de día era prácticamente nula cuando la tocaba, lo que hacía que el potencial trabajo de Londres resultara más atractivo.

Decidida a mantenerse bien alejada de él el siguiente viernes por la noche, se giró y miró la hora. Molly se había quedado a dormir en casa de una amiga, así que no entraría como una exhalación en cualquier momento para que hiciera yoga. Por suerte era sábado, el primer día de un largo fin de semana en el que no tendría que ver a Sam durante tres días enteros. Se puso boca abajo y pensó en volver a dormirse. Sonó el móvil y Ruby se puso en alerta.

El nombre de Miller apareció en la pantalla y Ruby gimió en voz alta. Oh, no. Fin de semana largo. La casa de la playa. Un mes atrás, Miller había sugerido que pasaran juntas un fin de semana de chicas. ¿Cómo era posible que lo hubiera olvidado?

–¿Si te digo que ya casi estoy me creerías? –murmuró Ruby respondiendo al teléfono mientras salía de la cama y entraba en el baño.

—¿Cómo has podido olvidarte? —protestó Miller.

—Lo siento, soy una mala amiga —Ruby miró su reflejo en el espejo del baño y se apretó las ojeras—. ¿Todavía estoy a tiempo?

—Sí, pero ha habido un pequeño cambio de planes. Red no se encuentra muy bien, así que Tino y él se van a unir a nosotras. Espero que no te importe.

Red era Redmond Ventura, el hijo de Miller y Tino, y al tratarse del primer bebé de su círculo de amigos era como una especie de sobrino para Molly y para ella.

—Por supuesto que no —afirmó Ruby—. Mañana por la mañana me puedo llevar a Red a dar una vuelta para que Tino y tú descanséis.

—Ahora recuerdo por qué te quiero —Miller se rio—. Por cierto, Tino… ah, espera, Red está llorando.

—Ve con él —dijo Ruby agarrando el cepillo de dientes y abriendo la ducha—. Estaré ahí en… ¿veinte minutos?

Miller resopló.

—Sí, seguro. Te veo entonces dentro de una hora.

Ruby colgó y se metió en la ducha. Tenía una botella de champán especial en la nevera para celebrar aquel fin de semana con su mejor amiga. El hecho de que también hubiera olvidado aquello era una prueba más de lo mucho que se le había metido Sam Ventura en la cabeza.

Pero eso se había acabado. A partir de ahora, Ruby borraría a aquel hombre de su cabeza y de su vida. Y un fin de semana con Miller y su familia era justo lo que necesitaba. No tendría tiempo para pensar en Sam, ni preguntarse qué estaría haciendo y con quién.

Ruby gruñó y sacudió la cabeza. Una semana atrás si vida era perfecta. Tenía trabajo, buenos amigos, el yoga y Netflix. Ahora tenía angustia, indecisión, sueños eróticos y deseo. El deseo era lo peor. Era como una debilidad secreta que no quería admitir. Sabía por instinto que si volvía a acostarse con Sam cambiaría su vida por él sin darse cuenta y luego terminaría llorando cuando todo saliera mal. Porque saldría mal. Era inevitable. Sam era un rompecorazones. Y era demasiado exigente y demasiado arrogante. Querría de ella más de lo que estaba preparada para entregarle y le preocupaba dárselo de todas maneras.

Una sensación de mal augurio atravesó la piel de Ruby como una ráfaga de aire frío. El hecho de que su padre las abandonara tantos años atrás le había dejado un sentimiento de cautela respecto a los hombres que la había ayudado a mantenerse siempre en su sitio. Así que no, no iba a dejar que Sam volviera a acercarse tanto nunca más.

–Buena charla –sonrió a su reflejo y salió del baño. En la casa de la playa de Miller podría nadar, charlar, jugar con Red y relajarse.

Se puso rápidamente unos pantalones cortos blancos y una camiseta de rayas, se calzó sus alpargatas favoritas, metió unas cuantas cosas en la bolsa de viaje y salió corriendo escaleras abajo, agradecida por haber tenido que esperar poco la llegada del taxi.

–Al embarcadero de Double Bay –dijo recostándose en el asiento.

Sam estaba perdido en sus pensamientos mientras Valentino se inclinaba sobre el motor del barco, acariciando al cachorrito negro que tenía en brazos.

–La llave inglesa –dijo su hermano con la cabeza metida en el motor.

Sam le pasó la herramienta. El perrito se revolvió en sus brazos, deseando explorar sus nuevos dominios. Hacía dos horas que lo tenía. Una decisión precipitada indigna de él, igual que las cosas que había hecho con Ruby desde que volvió a Sídney. Y no podía echarle la culpa al cambio horario por haber perdido el control la noche anterior, ni por haber sacado al cachorrito del centro de rescate.

–He dicho la llave inglesa –Valentino frunció el ceño–. Esto es un destornillador.

Sam miró la caja de herramientas y sacó la llave inglesa.

–¿Seguro que estás bien? –Tino alzó la vista para mirarle–. Porque pareces tan escacharrado como este motor.

Sam ignoró el comentario y se centró en el problema.

–¿Crees que conseguirás arrancarlo?

Valentino le miró como si acabara de preguntar la mayor tontería del mundo y volvió a meter la cabeza en el motor.

–Más me vale. Miller lleva todo el mes esperando este fin de semana. Y Ruby va a traer champán. Espero que metido en hielo.

A Sam se le puso todo el cuerpo rígido ante el despreocupado comentario de su hermano.

–¿Ruby? –parte de la razón por la que había decidido aquella misma mañana aceptar la oferta de su hermano y pasar el largo fin de semana en la casa de la playa era para poner algo de distancia entre Ruby y su repentina obsesión de marcar su número cada cinco minutos.

¿Por qué no le había preguntado a Tino si ella iba a ir?

Porque no quería que su hermano se cuestionara su repentino interés por ella hasta que tuviera algunas respuestas plausibles.

Ruby durante tres días enteros y con su hermano y su hiperprotectora cuñada presentes…

—¡Dios, qué bueno soy! —Tino sonrió cuando el motor cobró vida bajo sus pies y se secó las manos en un trapo viejo.

—Entonces, respecto a este fin de semana… —Sam decidió que no le importaba si Tino pensaba que tenía un comportamiento extraño.

El cachorro se revolvió entre sus brazos al ver algo detrás. Sam se dio la vuelta y vio a Ruby subiendo a bordo, y el corazón le dio un vuelco dentro del pecho. Parecía segura de sí misma y estaba radiante con la larga melena recogida en una cola de caballo y una sonrisa resplandeciente en los suaves labios rosas.

Sam sacudió la cabeza. A su cerebro no parecía importarle que estuviera completamente fuera de los límites para él. Le excitaba como ninguna otra mujer lo había hecho, y aunque eso no le gustara desde el punto de vista conceptual, tampoco quería que dejara de ocurrir.

Ruby no vio a Sam hasta que tuvo los dos pies a bordo del barco. Si hubiera sido cuando solo tenía uno podría haberse dado la vuelta y salir corriendo. Pero ahora solo podía pararse y mirarle fijamente.

Llevaba gafas de sol, el largo y delgado cuerpo dentro de una camiseta que enfatizaba su vientre plano y los anchos hombros y pantalones cortos ajustados. Y entre los brazos un cachorro negro y marrón con una oreja doblada de forma adorable. Los dos la miraban fijamente. Ruby cayó en la cuenta entonces de que nunca antes había visto a Sam vestido de manera informal y le resultaba diez veces más peligroso así que con traje. Sintió una oleada de calor dentro del cuerpo.

Sam bajó a la bola de pelo en la cubierta y el perro corrió hacia ella. Ruby se agachó instintivamente y el animal se lanzó a sus brazos lamiéndole la cara.

—Menudo perro guardián —gruñó Sam acercándose a ella.

Ruby no pudo evitar reírse con alegría.

—Sabe que soy amiga.

—Hola, Ruby —Miller la abrazó cuando se incorporó—. Cuarenta y cinco minutos. Estoy impresionada. Por cierto, Tino ha invitado a Sam, así que nuestro fin de semana de chicas queda oficialmente cancelado.

—Ya lo veo —murmuró Ruby.

—Dame tu bolsa.

—Yo la llevo —Sam la agarró primero y se la echó al hombro antes de que Ruby pudiera protestar.

—Gracias, Sam —Miller sonrió y se puso a Red en el otro brazo para poder revolverle el pelo a Ruby—. Me alegro mucho de que estés aquí.

Valentino salió de detrás de su mujer y tomó al niño en brazos.

—Sí, yo también.

El cachorro volvió a saltar sobre ella y le arañó la piel de las rodillas. Ruby torció el gesto y lo apartó suavemente.

—Lo siento —Sam avanzó un poco—. Todavía no ha aprendido modales.

—¿Es tuyo? —estaba sorprendida. No esperaba que

a Sam le gustaran las mascotas. Las mascotas eran algo demasiado permanente para un hombre al que no le gustaba tener relaciones.

Sam agarró al cachorro.

—Sí, es mío. Lo he recogido esta mañana del centro de rescate. Todavía no le he puesto nombre.

—¿Qué te parece César?

—¿Y darle un aire de grandeza innecesario? En esta manada solo hay sitio para un macho alfa.

Ruby se rio y observó un instante al cachorro dándose golpecitos en el labio inferior con el dedo.

—¿Y qué te parece Kong? Va a ser muy grande, se ve en las orejas y en las patas.

Sam giró al cachorro para mirarlo de frente.

—¿Qué te parece? ¿Te gusta?

El perro ladró con entusiasmo y Miller se rio.

—Parece que sí.

—Bueno, pues en marcha —dijo Tino—. Es hora de ponerse en camino.

—Ah, una cosa…

Tres pares de ojos se giraron hacia Ruby. Ella buscó con la mirada a Sam. Quería decir que había cambiado de opinión respecto al fin de semana. Que había surgido algo. Algo urgente y completamente ineludible. Pero su abotargado cerebro fue incapaz de pensar en ninguna excusa. Y menos con Sam mirándola con aquella media sonrisa, como si supiera exactamente lo que estaba pensando.

Se hizo una pausa larga y algo incómoda. Las olas golpeaban suavemente el casco del barco.

—¿Te has olvidado algo? —preguntó Miller—. Si es así, seguro que en casa tenemos.

Ruby tuvo la misma sensación de vergüenza de dos años atrás, cuando hizo una montaña de un grano de arena al pensar que Sam sentía algo por ella. Lo que la llevó a sentarse al lado del teléfono todo el fin de semana convencida de que la llamaría.

—No —dijo forzando una sonrisa—. No he olvidado nada.

Si a Sam no le importaba tenerla cerca durante todo el fin de semana, entonces a ella tampoco. O al menos, no lo mostraría.

Tras amarrar en el muelle privado de Tino y Miller, Ruby se dirigió a la moderna cocina, agarró dos tazas del aparador y puso la tetera al fuego.

—¿Té? —Miller arrugó la nariz con gesto de disgusto—. ¿Es muy pronto para el champán?

—¿Dónde quieres que ponga esto? —Sam entró con otra caja de provisiones bajo el brazo.

—Aquí —Miller le indicó un espacio vacío que había en el banco detrás de Ruby.

Ella se apartó al instante y contuvo el aliento cuando el brazo de Sam le rozó el vientre al pasar.

—Lo siento. La casa es preciosa —afirmó él con una naturalidad que Ruby envidió al instante.

—Sí, nos encantó en cuanto la vimos —Miller sonrió—. ¿Sabes que la casa que está dos parcelas más allá se vende? Podrías comprarla, y así cuando encuentres una mujer con la que sentar la cabeza nuestros hijos pueden pasar el verano juntos correteando de casa en casa.

—Lo tienes todo pensado —murmuró Sam con una sonrisa.

—Es una organizadora nata —intervino Ruby. Por alguna razón, las palabras de Miller habían conjurado en ella una imagen tan dulce que le dolió—. Pero a Sam no le interesan las relaciones. ¿Verdad?

Sam sacó una botella de agua de la nevera, le quitó el tapón y se la llevó a los labios.

–Depende de lo buena que sea la casa.

Miller se rio. Ruby no.

–Y del tipo de relación del que estemos hablando –añadió él.

A Ruby le dio un vuelco el corazón al ver cómo la miraba. Se centró en poner la tetera al fuego.

–Del tipo permanente, por supuesto.

Sam se le acercó un poco más, acorralándola sutilmente contra la encimera.

–Tal vez no he conocido todavía a la mujer adecuada.

–¿En serio vas a utilizar esa carta? –Ruby le miró con sarcasmo.

–¿Qué pasa, es que estás buscando el «fueron felices para siempre»?

–No –por supuesto que no buscaba eso.

–Ah, qué pena, se acabó mi plan de pedirte que te casaras conmigo y me sacaras de mi tristeza.

Consciente de que la única culpable de aquella conversación era ella, Ruby se dijo que no debía morder el anzuelo.

Pero lo hizo de todas maneras.

–¿Casarme contigo? –estuvo a punto de atragantarse con la palabra–. Ni aunque fueras el último hombre del mundo y el futuro de la humanidad dependiera de que nosotros… nosotros…

–¿Procreáramos?

–¡Exacto! –Ruby se sonrojó sin poder evitarlo.

–Bueno, que no se diga que no lo he intentado. Pero déjame darte un consejo –Sam señaló con la cabeza hacia la tetera–. Quizá deberías poner agua antes de intentar hervir. Funciona mejor así.

Exasperada por la facilidad con la que se burlaba de ella, Ruby miró su ancha espalda negándose a admirar su cuerpo mientras salía por la puerta.

–¿Me lo vas a explicar o tengo que adivinarlo? –preguntó Miller en el silencio que siguió a continuación.

Ruby la miró y se dio cuenta entonces de que había olvidado que su amiga estaba en la cocina con ellos.

–No hay nada que explicar –afirmó–. Le gusta provocarme, y yo siempre caigo.

–Me refería más bien a la tensión sexual que hay entre vosotros –dijo Miller acariciándose la cara–. La temperatura ha subido un poco aquí durante unos segundos.

Ruby dejó escapar un suspiro.

–No vas a dejar el tema, ¿verdad?

–Claro que sí –Miller le dirigió una mirada de falsa inocencia–. Si no quieres contarme lo que está pasando entre vosotros lo respeto completamente.

–Muy bien. Nos hemos acostado juntos… o mejor dicho, tuvimos sexo –parpadeó al ver que Miller se quedaba boquiabierta–. Y fue contra un muro. En el jardín de una casa en una fiesta.

Ya estaba dicho. Y no había sido para tanto. Pero se alegraba de que Miller no se hubiera dado cuenta de que había sido su primera vez. Entonces sí habría sido para tanto, habría querido saber por qué Sam y por qué en aquel momento. ¿Y cómo iba a responder Ruby sin decirle a su mejor amiga que ningún otro hombre le había afectado como Sam?

–Bueno, bueno –Miller se recolocó los hombros como si fuera a meterse en una mina a extraer cobre–. Vamos a necesitar algo más fuerte que el té. O el champán.

Ruby gimió.

–Por favor, no le demos demasiada importancia. No volverá a ocurrir.

Miller puso un vaso corto de cristal delante de ella y agarró otro.

–Ya…

–¡De verdad! Lo juro.

–Quiero detalles –Miller sirvió un dedo de whisky en ambos vasos–. ¿Cómo? ¿Por qué? ¿Estuvo bien? Ya sabes, ese tipo de cosas. Los chicos Ventura tienen su reputación, así que me sorprendería que no hubiera estado bien…

–No estuvo bien –Ruby se bebió el whisky de un trago y dejó que el calor se le instalara en la boca del estómago–. Estuvo de maravilla. Pero fue cosa de una noche.

–¿Y por qué? –Miller se sentó en el banco y la miró con curiosidad.

–Bueno, porque… ¿por qué iba a ocurrir otra vez? Ya sabes que no soy del sexo por el sexo. Y es mi jefe. Esto solo puede terminar de una manera. Y no es buena.

–Bueno, que sea tu jefe no es el fin del mundo. Muchos jefes están casados con empleados.

–¿Te estás oyendo? –preguntó Ruby frunciendo el ceño–. Has pasado de sexo contra el muro a vestido de novia y campanas de boda en cuestión de segundos.

–Vale, a lo mejor me he pasado un poco, pero solo quiero que te relajes un poco, Ruby. Te mereces ser feliz. Y no todos los hombres son malos, ¿sabes?

–Hablando del rey de Roma… –murmuró Ruby al ver entrar a Valentino en la cocina.

Miller le dio un beso a su marido y Ruby aprovechó la ocasión para salir por la puerta de atrás. Sabía que no era necesario decirle a su amiga que no le contara nada a Valentino. Salió al sol y suspiró ante la deliciosa invitación de la piscina infinita azul que parecía unirse a las azules aguas de Elvina Bay.

Ruby se puso en cuclillas y deslizó los dedos por la superficie del agua, disfrutando del delicioso frescor del agua. La maravillosa risa infantil de Redmond captó su atención y al levantar la vista vio a Sam tumbado en el césped fingiendo luchar bajo el peso combinado del bebé y del cachorro.

Ruby experimentó una extraña sensación en el pecho al verlos jugar. Así que se le daban bien los animales y los niños. Y era inteligente. Atractivo...

«¿Quieres casarte conmigo y sacarme de mi tristeza?».

¡Dios, era un imbécil!

Un imbécil demasiado tentador, se dijo mientras le veía doblar los bíceps jugando. Aquello era muy injusto, pensó forzando la vista otra vez hacia la piscina. Sam era injusto. ¿Por qué tenía que haber regresado a Sídney y volverle la vida del revés? ¿Por qué había tenido que besarla, acariciarla, hacerle el amor?

Recordó las amables palabras de Miller diciéndole que quería que fuera feliz. Lo era. Muy feliz. O lo había sido hasta que Sam apareció de nuevo en su vida como un huracán. Y aunque Miller pensara que era de los buenos, lo decía solo porque estaba casada con su hermano. Ruby ya había vivido que en una ocasión Sam se marchara sin mirar atrás. No quería que volviera a ocurrir. Algo le decía que esa vez no podría manejarlo tan bien como la primera.

Consciente de pronto de que Sam la estaba mirando, dejó escapar un suspiro y trató de controlar sus caóticas emociones. Al verla todavía agachada en la piscina, Kong salió disparado en su dirección.

–No vayas a caerte a la piscina –le advirtió al verle acercarse al borde con sus inestables patas de cachorro. Le lamió la cara y Ruby se secó la mejilla con el dorso de la mano–. Tienes que dejar de hacer eso –se rio.

Sam, que le había seguido, le ofreció una mano y con la otra agarró las regordetas piernas de Redmond, balanceando al pequeño sobre la cadera con pasmosa naturalidad.

Ruby ignoró su mano de la manera más educada posible y se puso de pie.

–No sabía que ibas a estar aquí este fin de semana –murmuró. Necesitaba saber que no tenía aquello planeado. Que no le estaba persiguiendo.

–Y desearías que no estuviera, ¿verdad? –adivinó él.

Ruby le dirigió una mirada rápida, sin saber muy bien cómo responder de un modo que no incrementara todavía más la tensión entre ellos.

–Cielos, Ruby –murmuró Sam entre dientes–. No voy a lanzarme sobre ti. Al menos sin que me invites a hacerlo.

–Todo indica lo contrario –respondió ella molesta por su arrogancia y por el hecho de que si en aquel momento la tocaba se disolvería en un charco de deseo. No había dormido bien desde que Sam reapareció en su vida, y estaba claro que sus defensas sufrían las consecuencias.

–Eso es un golpe bajo –los ojos marrones de Sam se clavaron en los suyos–. Deseabas aquel beso en el coche tanto como yo.

–No voy a discutir contigo, Sam. No tiene sentido.

–Tampoco lo tiene fingir que no tenemos interés uno en el otro –aseguró él con dulzura.

–No –se defendió Ruby–. Hace que todo sea menos complicado.

Sam le dirigió una mirada felina.

–No estoy tan seguro, cariño. Para mí no es menos complicado. De hecho, es muy difícil.

La mirada entornada de Sam bajó del cuello a los senos de Ruby y de ahí lentamente a las piernas desnudas y los pies antes de regresar, dejando muy claro qué era exactamente lo que encontraba difícil.

–Es solo sexo, Sam –aseguró ella contenta de que Red fuera demasiado pequeño para entender lo que estaban diciendo–. Puedes tenerlo con cualquiera.

–Te equivocas, no fue solo sexo –Sam dejó al pequeño al lado de una pelota de playa que estaba intentando alcanzar–. Fue increíble y quiero volver a hacerlo –su voz se hizo más grave–. Quiero estar contigo otra vez.

A Ruby le latió el corazón con fuerza dentro del pecho y todo su cuerpo se inclinó hacia el suyo aunque no se movió.

–¿Y qué fue de tu consigna de no mezclar el trabajo con el placer? –preguntó con tono ronco.

Le brillaron los ojos.

–Por ti estoy dispuesto a hacer una excepción.

Red emitió un sonido de frustración y Sam se inclinó para tomar al bebé en brazos y darse la vuelta para volver a entrar en la casa con el cachorro pisándole los talones.

–Yo no, Sam –afirmó Ruby en voz alta con beligerante firmeza.

Sam se giró lentamente con una sonrisa en los labios.

–Esa es tu decisión.

Ruby rechinó los dientes ante aquella conclusión tan fácil. Si era su decisión, ¿por qué sentía como si estuviera librando una batalla consigo misma?

Se quedó mirando frustrada la hermosa vista, incapaz de disfrutar de ella. Si era su decisión, ¿por qué cada vez que lo veía, cada segundo que pasaba con él lo deseaba más? ¿Y qué ocurriría si hacía lo impensable y se dejaba llevar por la química que había entre ellos? ¿Quién la recogería cuando cayera?

Capítulo 7

CUANDO Ruby entró a la mañana siguiente en la cocina se sentía contenta y con ganas de empezar el día.

Sam se equivocaba. Era mucho menos complicado ignorar la atracción entre ellos y no al revés. Lo había hecho durante toda la cena la noche anterior y se lo había pasado fenomenal.

Había sido educada con Sam, habló con él y le rio las gracias, escuchó cómo Tino y él contaban historias de su infancia y ni siquiera se fijó en cómo la camisa negra hacía que los ojos parecieran del mismo tono y se le ajustaba al musculoso pecho a la perfección Ni tampoco tembló cuando se rozó sin querer con ella cuando estaban fregando juntos los platos, y el corazón no le latió con más fuerza cuando le dio las buenas noches a todo el mundo y sintió la oscura mirada de Sam clavada en ella a lo largo del pasillo que daba a las habitaciones.

Y si era capaz de convencerse de verdad a sí misma de todo aquello debería seguir los pasos de Molly como actriz.

El problema estaba en que no sabía cómo parar sus emociones respecto a Sam. Nada en el pasado la había preparado para enfrentarse a cómo se sentía cuando estaba entre sus brazos, y estaba poco menos que aterrorizada.

No esperaba encontrarse a nadie, así que se detuvo bruscamente en el umbral al ver a Sam dormido en el amplio sofá cama.

Debió de despertarle porque se estiró y gruñó mientras se ponía de lado y parpadeaba mirándola con sus negras pestañas. Bostezó, se frotó el vientre y se le subió la camiseta en el intento. Ruby contuvo el aliento.

Como si la hubiera escuchado, Sam deslizó la mirada sobre ella, haciéndola consciente de que no llevaba más que un fino camisón de seda sobre las braguitas de algodón.

«Tendrías que haberte vestido primero», se regañó para sus adentros.

–Puedes acercarte, Ruby –murmuró él adormilado–. No muerdo.

Desgraciadamente, se acordaba de que sí. Justo en aquel punto sensible en el que el cuello se unía al hombro.

–Pensé que tal vez Redmond estaría despierto. Iba a llevármelo para que Miller y Tino pudieran dormir.

–No están aquí –Sam se sentó abriendo las piernas y con los hombros ligeramente inclinados hacia delante mientras le acariciaba las orejas a Kong–. Miller recibió una llamada esta mañana, su madre está en el hospital. Como Red ya estaba despierto decidieron volver para estar con ella.

–¿En el hospital? ¿Y se encuentra bien?

–Se cayó en el baño, parece que se ha roto la muñeca y un tobillo.

–Vaya, eso es terrible. Voy a llamarla –Ruby estaba a punto de sacar el teléfono cuando se dio cuenta de algo–. Un momento. ¿Se han llevado el yate?

–Sí. Le dije a Tino que yo me ocuparía de nuestro

regreso, aunque aún no sé cómo –Sam se pasó la mano por el pelo y contuvo un bostezo–. No quería que Miller se preocupara por la logística, ya estaba bastante angustiada.

Ruby se frotó la frente. No le gustaba nada la idea de estar atrapada en la casa de la playa con Sam. A solas.

–¿A qué hora ha sido esto? ¿Por qué nadie me ha despertado y a ti sí?

–Esto fue a las cinco y media. Y a mí tampoco me despertaron –Sam miró a la bola de pelo que tenía a los pies y torció el gesto–. Al parecer, los perros no tienen horarios de sueño normales.

Ruby no estaba de humor para tonterías.

–Entonces, ¿estamos atrapados aquí?

–Yo no diría tanto. Puedo llamar en cualquier momento a un chárter para que venga a recogernos.

–¿Y por qué no lo has hecho ya?

Sam la miró de soslayo. Estaba claro que el tono no le había gustado.

–No sé, Ruby –murmuró con sarcasmo–. Tal vez porque son las siete de la mañana y las empresas de embarcaciones chárter tienen un horario. Y porque me he vuelto a dormir. ¿Te parecen buenas razones?

Ruby ignoró la pregunta retórica mientras Sam se ponía de pie y se dirigía a la cocina. Ella siguió sus movimientos de un modo inconsciente.

–¿Quieres un café?

–No –respondió Ruby alzando la barbilla en un gesto desafiante–. Lo que quiero es irme a casa.

Sam ignoró el comentario y empezó a pulsar los botones de la cafetera.

–¿Me has oído? –preguntó ella de malos modos.

Ahora que Miller y Valentino no estaban allí, no

veía razón para continuar fingiendo que se llevaban bien,

—Creo que te han oído hasta en la empresa chárter de Circular Quay —respondió él sin molestarse en darse la vuelta.

—Bien —Ruby hizo un esfuerzo para controlar sus crecientes emociones—. Espero que manden a alguien rápidamente —se cruzó de brazos y le miró—. ¿Tenías esto pensado? Si alguien me hubiera despertado, me habría ido con Valentino y Miller.

—Vaya, qué opinión tan buena tienes de mí para decir algo así —declaró Sam con una voz lo bastante fría para congelar el nitrógeno líquido—. Y ahora dime, ¿quieres un café o no?

—Sí, quiero el maldito café —murmuró ella.

—Y para que quede claro —matizó Sam con énfasis—, no necesito utilizar tácticas subrepticias para seducir a una mujer —dejó la taza frente a ella, pero no se apartó cuando Ruby fue a agarrarla—. Soy muy directo y sincero respecto a mis necesidades, no como tú.

Ruby agarró la taza y registró sin darse cuenta el calor que había dejado Sam en ella.

—Bueno, al menos a mí no se me puede acusar de haber roto una promesa —murmuró dándole la espalda.

—Perdona, ¿qué dices?

—Olvídalo —se arrepintió de haber dicho nada porque se dio cuenta de que había despertado su interés.

—Eso ha sido un comentario muy incisivo. Explícate.

—No.

Ruby se llevó la taza a los labios y abrió los ojos de par en par al ver que Sam rodeaba el banco para sentarse frente a ella.

–Te lo voy a decir de otra manera –le advirtió con suavidad– No vas a salir de esta cocina hasta que te expliques.

–¿Y si me niego? –Ruby alzó la barbilla en un gesto desafiante.

–Entonces, tendrás que acusarme de secuestro y confinamiento ilegal.

Ruby pensó en sus opciones y al ver la firmeza de sus mandíbulas se dio cuenta de que no tenía muchas.

–De acuerdo –dejó escapar un suspiro–. Si quieres saberlo, te lo cuento –le dio otro sorbo a la taza de café–. Hace dos años me acompañaste a casa, me besaste hasta dejarme sin aliento y luego me hiciste la promesa banal de llamarme, y nunca lo hiciste. Y no solo eso, sino que al día siguiente me enteré de que habías estado con otra mujer en un partido de polo –apretó los labios en un gesto de desagrado–. Siempre me he preguntado si le dijiste que me habías besado la noche anterior o si ni te lo planteaste.

Sam frunció el ceño.

–No estuve con nadie en el partido de polo, fui solo.

–O crees que soy tonta o tienes muy mala memoria –Ruby puso los ojos en blanco–. ¿Una mujer delgada y pelirroja? ¿Guapa? ¿Te suena?

–¿Ruth Simons? –Sam la miró fijamente–. No estaba conmigo. Se acercó a saludarme, hablamos de los viejos tiempos y luego seguimos cada uno nuestro camino. Y no, no le comenté que me había pasado la noche besándote porque no habría sido asunto suyo.

¿Le estaría diciendo la verdad? La lista de promesas rotas de su padre se le cruzó por la cabeza: «Iré a verte este fin de semana al partido, cariño». «Te llamo mañana, te lo prometo».

Y el consejo típico de su madre: «Si dejas que los hombres te pisoteen, te tratarán siempre como a un felpudo».

–Da igual –dijo Ruby. La confusión y la incertidumbre habían reemplazado el arrebato de rabia que había hecho aflorar aquellas emociones–. Da igual todo.

Sam se negó a permitir que se retirara, así que se cernió sobre ella.

–Yo creo que no da igual –clavó su astuta mirada en la suya–. Fue un error decir que te llamaría y luego no hacerlo. Creo que te hice daño y lo siento.

Sorprendida por la sinceridad de su disculpa, lo único que pudo hacer Ruby fue limitarse a mirarlo.

–No pasa nada –susurró Ruby molesta por el tono tembloroso que le salió porque dejaba claro el dolor que no había querido mostrarle–. Ya no tiene importancia.

–Está claro que sí, en caso contrario no habrías sacado el tema –Sam le deslizó las manos por los hombros–. Y quiero que sepas que tenía intención de llamarte. Lo que pasó fue que… me entró miedo en el último momento –torció el gesto–. No puedo explicarlo de otra manera, pero no estaba preparado para ti en aquel momento. Y tampoco tengo claro que lo esté ahora.

Sam le mantuvo la mirada.

–Pero sí sé que te deseo. Más de lo que he deseado nunca a ninguna mujer en mi vida. Y tú también me deseas. Te lo veo en los ojos –le deslizó las manos por el cuello hasta la barbilla–. Lo siento en tu piel, en el modo en que tiemblas bajo mis manos. Como ahora. ¿Por qué te resulta tan difícil reconocerlo?

Ruby le agarró las muñecas sin saber muy bien si quería apartarlo o atraerlo más hacia sí.

–Porque no tiene ningún sentido… porque nada bueno puede salir de esto… no sé –sacudió la cabeza–. No puedo pensar con claridad cuando te tengo cerca.

–Yo tampoco.

Los labios de Sam cayeron sobre los suyos en un beso desesperado que hablaba de noches ardientes y sábanas de seda. Un beso que seducía al mismo tiempo que tentaba. Ruby se dejó llevar por él y un gemido surgió de lo más profundo de su interior. La lengua de Sam le recorrió la boca con osadía y seguridad, enviándole chispas sensuales a cada terminación nerviosa del cuerpo. Le pasó la mano por el grueso cabello y arqueó el cuerpo contra el suyo. Aquello era lo que quería. Lo que anhelaba.

–Sí –murmuró Sam subiendo una mano para cubrirle el seno mientras deslizaba el pulgar por su excitado pezón–. Sí, Ruby, bésame así… así.

Ruby se estremeció contra él y le deslizó los dedos bajo la camiseta para tocarle el plano vientre. Su cuerpo se sobrecargó de sensualidad al recordar lo bien que se había sentido al tenerlo dentro.

Al percibir la respuesta de Ruby, Sam la besó todavía más apasionadamente, exigiendo y entregando, salvaje y dulce al mismo tiempo.

–Sam –a Ruby se le quebró la voz cuando él se inclinó y le mordió suavemente el pezón a través del camisón de seda.

Sam murmuró algo entre dientes y de pronto la apartó.

–Maldita sea, Ruby –la mantuvo algo alejada mientras respiraba tan agitadamente como ella y trataba de recuperar el control–. Te deseo mucho, pero te dije claramente que la próxima vez que esto ocurriera sería porque tú lo pidieras.

Ruby parpadeó, necesitó unos segundos para recuperar el sentido común.

–¿Es eso lo que estás haciendo? –preguntó él con un gruñido–. ¿Me estás pidiendo que te bese, que te haga el amor? –se pasó una mano por el pelo–. Porque esto solo va a llevar a un sitio, y si no es lo que quieres más te vale decírmelo mientras todavía tenga el suficiente autocontrol para detenerme.

Ruby sentía los labios hinchados y tiernos, los nervios tirantes vibrando bajo la superficie de su piel. Sí quería aquello. Y a la vez no. El deseo conflictivo hacía que se sintiera como si tuviera doble personalidad. Una le decía que fuera adelante. La otra le decía que iba directa al vacío. Sam sacudió la cabeza al darse cuenta de su indecisión.

–No te molestes en responder. Lo tienes escrito en la cara.

–¿Dónde vas? –le preguntó cuando se alejó de ella.

–A llamar a la empresa de chárteres para que vengan a buscarte y te lleven a Sídney –la miró girando la cabeza–. Eso es lo que quieres, ¿no?

No esperó su respuesta, y Ruby recorrió la enorme cocina con los pies descalzos pisando las baldosas frías y duras. Lo que quería era tener diez horas para recuperarse. Y luego otras diez para soltarse una buena reprimenda. Todavía le temblaba el cuerpo donde la había tocado y sentía las piernas débiles.

Sabía que estaba haciendo lo correcto al no entregarse a su deseo por Sam, pero le resultaba difícil mantenerse en su decisión cuando el corazón se le aceleraba cada vez que él entraba en una estancia. Sam era todo lo que no debería desear y sin embargo deseaba. Y cuando estaba entre sus brazos se le olvidaba que trabajaba para él y que en cuanto hiciera lo que quería con ella se marcharía. Se le olvidaba que estaba obsesionada con él como con ningún otro hombre.

–¿Cuándo puedes estar lista para irte? –su voz áspera sonó con fuerza en la silenciosa habitación– ¿Te basta con treinta minutos?

Ruby se quedó mirando su precioso y pétreo rostro y sintió una oleada de deseo en su interior. Lo correcto, lo seguro, sería dejar a un lado aquellas sensaciones y decirle que podía estar lista para salir en cinco minutos, no treinta. Pero en el fondo sabía que por primera vez en su vida deseaba algo con tanta intensidad que trascendía su necesidad de tener una red de seguridad.

–No –respondió con los labios secos.

Sam torció todavía más el gesto.

–¿Cuánto necesitas entonces?

Ruby se acercó a él antes de que pudiera cambiar de opinión, le quitó el teléfono de la mano y se lo puso al oído.

–Lo siento –murmuró sin apartar los ojos de los suyos–. Me he equivocado de número.

Luego colgó y le devolvió el teléfono con la respiración algo entrecortada.

Sam se la quedó mirando fijamente y el silencio los rodeó, quedando solo roto por los sonidos de Kong durmiendo en la cesta.

–Debes tenerlo muy claro, Ruby –dijo Sam con voz profunda–. Mi capacidad de autocontrol no es la mejor ahora mismo.

Ruby se humedeció los labios, excitada por el modo en que la mirada de Sam siguió el movimiento. Sintió una ráfaga de poderío femenino al saber que era capaz de excitar tanto a aquel hombre tan masculino.

–La mía tampoco.

Sam dio un paso más para acercarse y la estrechó entre sus brazos, levantándole después la barbilla con los dedos de modo que sus ojos se quedaron clavados en los suyos.

–¿No más negaciones ni más máscaras? –preguntó él.

–No.

Le bajó las manos a la cintura con gesto insistente mientras la levantaba hasta que ella le rodeó la cintura con las piernas.

–¿Y dejarás de fingir que esto es un picor que cualquier hombre puede rascar?

–¿Te molestó que dijera eso?

–Muchísimo –gruñó él.

Ruby sintió un estremecimiento al escuchar el tono posesivo de su voz. Se inclinó hacia delante y le besó el lateral del cuello de la manera que le gustaba, saboreando su delicioso sabor.

–¿Vas a besarme otra vez o no?

Sam esbozó una sonrisa lenta e indolente que anunciaba pasión.

–Estaba esperando a que me lo pidieras –murmuró contra sus labios.

Capítulo 8

AHORA que la tenía exactamente donde quería, Sam sintió que los dedos le temblaban al verse alcanzado por una poderosa emoción a la que no podía ponerle nombre. Era más profunda que cualquier cosa que había experimentado nunca con ninguna mujer. Sabía que lo que le pasaba con Ruby era muy poderoso y al mismo tiempo estaba seguro de que podía manejarlo. ¿O se estaba engañando a sí mismo?

La llevó al dormitorio en brazos y le besó suavemente el lóbulo de la oreja. Ella arqueó el cuello para darle mejor acceso.

Por supuesto que Sam no se engañaba a sí mismo. Lo que les pasaba, aquella química incendiaria que había entre ellos, era solo química, pasión y…

–Maldita sea, Kong –murmuró Sam al abrir la puerta del dormitorio donde había dormido la noche anterior. Había estado a punto de tropezar con el cachorro–. ¡Sentar! –le ordenó sin importarle si el perro obedecía o no.

–¿Se ha sentado? –preguntó Ruby mordiéndose el labio inferior.

–Me da igual –murmuró Sam.

Las seductoras caricias de Ruby habían acabado con cualquier vestigio de sofisticación que le quedara y habían dejado al hombre de Cromañón en su lugar.

Pero hizo un esfuerzo por bajar el ritmo y la colocó en el centro de la cama. Le desabrochó uno a uno los pequeños botones del camisón. Incapaz de contenerse, bajó la cabeza y le capturó uno de los tensos pezones entre los labios a través de la prenda, humedeciéndole la tela con la lengua.

Un suave gemido escapó de labios de Ruby y cuando Sam alzó la vista vio que se estaba mordiendo el labio inferior.

–Tienes unos senos preciosos –murmuró.

Ella se revolvió incómoda en el colchón y trató de quitarse el camisón. Sam sacudió la cabeza, se colocó a horcajadas sobre ella y le sostuvo las muñecas con las manos a cada lado de la cabeza.

–Déjame a mí –le pidió–. Te dije en la limusina que cuando por fin te tuviera en posición horizontal me tomaría mi tiempo.

Sam descendió por la delicada columna de su cuello para poder cubrirle los senos y admirar los rosados pezones. Ruby se arqueó en la cama y le levantó la camiseta, sacándola de la cinturilla. Sam alzó la cabeza y se la sacó con una mano, gimiendo cuando ella le arañó el torso y el vientre y le cubrió la erección con la mano.

Sam le cubrió de besos el escote, frotándole con la barba incipiente uno de los tirantes pezones y luego el otro antes de cubrirlos con la boca, torturando su receptiva piel con la lengua y los dientes antes de tomarlos profundamente en la boca.

Ruby gimió y se arqueó más alto en la cama, y Sam le puso las manos en las caderas y la besó más abajo, deslizándole las braguitas por las piernas.

Le bajó la mano por el cuerpo y le colocó una pierna sobre su muslo exterior antes de deslizar una mano entre sus cuerpos para cubrirle el sedoso vello. Estaba húmedo, el aroma de su excitación le puso todavía más duro cuando le separó las piernas e introdujo los dedos en su calor de seda.

Ruby gimió su nombre y un poderoso deseo creció en él.

—Dios, Ruby, eres preciosa —se bajó un poco más y la urgió a tumbarse, manteniéndole las piernas abiertas y besándole las corvas antes de subir un poco hacia arriba.

—Sam —ella se le agarró al pelo y le clavó las uñas en el cuero cabelludo, provocándole escalofríos en la nuca—. Necesito…

—Yo sé lo que necesitas —él le abrió aún más las piernas para colocar los hombros entre ellas y le tocó la suave piel con la lengua.

Ruby se retorció debajo de él y Sam tuvo que anclarle las caderas a la cama con el antebrazo mientras le devoraba el dulce centro del cuerpo, lamiéndola hasta que ella se revolvió como una gata gritando su nombre una y otra vez.

Sam se dio cuenta de que estaba a punto, el cuerpo se le estremecía, y apresuró los movimientos llevándola más alto, necesitaba sentirla contra la lengua. Nunca antes había sido así para él. Aquella profunda necesidad de complacer a una mujer, de escuchar sus suaves gemidos de rendición mientras le daba placer. Y cuando finalmente ella alcanzó el orgasmo fue el momento más dulce que recordaba haber vivido.

Sin darle tiempo a recuperarse, reptó sobre su cuerpo y le tomó la boca con otro beso apasionado. A pesar de tener el cuerpo tan profundamente excitado, casi le bastaba con complacerla a ella y que alcanzara el éxtasis entre sus brazos. Pero entonces Ruby le tiró de los cordones del short y supo que ella tenía tantas ganas de tenerlo dentro como él de estar allí.

Encargándose de la tarea, Sam se quitó el pantalón corto y gimió aliviado cuando los dedos de Ruby lo agarraron. Cerró los ojos mientras ella se retorcía en la cama y cambiaba el puño por la boca. Sam volvió a gemir y le pasó la mano por la melena mientras ella utilizaba los labios y la lengua para volverlo tan loco como había hecho él.

—Ruby… —la levantó un poco y la colocó debajo de su cuerpo—. Necesito estar dentro de ti —gruñó colocándose entre sus piernas.

—Sí —ella le sostuvo el rostro entre las manos y le puso la boca en la suya mientras su cuerpo se hundía en ella.

Entonces Sam gimió.

—Preservativo —gruñó contra sus labios.

—Estoy protegida, ¿recuerdas? —alzó el cuerpo hacia el suyo y Sam contuvo un gemido mientras se hundía más profundamente en su apretado interior.

Sin darle apenas tiempo para ajustarse, se movió dentro de ella llenándola una y otra vez con embates profundos y seguros. Era como si su cuerpo perteneciera a una parte primitiva de sí mismo a la que no había tenido acceso antes porque se sentía poseído. Poseído por una necesidad de reclamarla y hacerla suya.

—Relájate, cariño… estás muy tirante. Sí, Dios, sí. Así.

Sam se estremeció cuando su calor de terciopelo lo envolvió, vaciándole el cerebro de todo lo que no fuera ella. Le agarró el trasero con las manos, la colocó en ángulo y entró en ella todavía con más ímpetu, animado por sus pequeños gritos de placer pidiendo más hasta que en un momento salvaje ambos estuvieron más allá del límite de la razón y del espacio y alcanzó la satisfacción más placentera que había sentido en su vida.

Debió de quedarse dormido porque en algún momento Ruby se había acurrucado entre sus brazos. ¿O fue él quien la colocó allí? En aquel momento no le importaba porque solo podía pensar en su femenino peso apoyado contra él. Al sentir que estaba despierta, Sam le apartó cariñosamente el pelo de la frente.

—Por fin conseguimos llegar a una cama —murmuró—. Estoy encantado. Un colchón suave. Sábanas suaves. Una mujer suave. ¿Qué más puede pedir un hombre?

Le rugió el estómago y Ruby parpadeó con sus preciosos ojos verdes aún adormilados.

—¿Comida? —sugirió.

—¿Te estás ofreciendo a prepararme el desayuno?

—Umm, déjame pensarlo —entornó los ojos en un gesto burlón—. No.

Sam se rio y le deslizó el dedo por la nariz.

—Bueno, si no me vas a preparar el desayuno, ¿qué vas a hacer por mí?

—Empujarte de la cama para que tú me lo puedas preparar a mí —respondió ella riéndose también.

Sam se volvió a colocar encima de ella.

—O podemos volver a empezar… —susurró besándola suavemente en el cuello.

—Eres insaciable —jadeó Ruby deslizándole las manos por los poderosos músculos que le rodeaban la columna vertebral.

Sam le trazó un camino de besos por un seno.

—Contigo sí —murmuró.

—Sam… —Ruby se quedó sin voz cuando los labios

de Sam se engarzaron en los suyos una vez más y alzó las caderas hacia arriba.

Sam la colocó boca abajo y le estiró las manos por encima de la cabeza.

—¿Te parece bien esto? —le murmuró al oído.

—Depende de a lo que te refieras… oh, sí. Desde luego que sí —la última palabra la susurró en un suspiro mientras Sam le colocaba las piernas entre los muslos y entraba en ella desde atrás.

El contacto le resultó tan electrificante y delicioso que Sam tuvo que apretar los dientes para contener el orgasmo y que ella pudiera alcanzar primero el suyo.

Regresar de aquella explosión de sensaciones no fue fácil, ni siquiera cuando Kong rascó la puerta y empezó a ladrar.

Ruby soltó una carcajada mitad lamento.

—Ese es Kong.

—No, es el perro del vecino —aseguró Sam disfrutando de la sensación de tenerla debajo radiante por el placer que acababa de darle.

—¿En el dormitorio? —ella se rio y salió de debajo de su cuerpo—. Espero que no. Déjame levantarme, seguro que quiere salir.

Sam gimió y se colocó mirando al techo.

—Es el perro más inoportuno del mundo.

—En cualquier caso, tienes hambre —le recordó Ruby levantándose de la cama y agarrando la camiseta de Sam del suelo.

Él le deslizó la mirada por todo el cuerpo antes de que la vista quedara oculta por la camiseta.

—Ya lo sé.

—Hambre de comida —Ruby le miró con severidad y se acercó a la puerta—. Ah, y retiro lo dicho —le miró girando la cabeza hacia atrás—. Kong no necesita salir.

Te ha dejado un regalito –se rio entre dientes–. Por suerte para ti en esta casa hay suelo de madera.

–Sí, por suerte para mí –gruñó Sam. Pero no le importaba en realidad. ¿Cómo iba a estar enfadado un hombre en un día tan maravilloso?

Sin saber cómo, el domingo por la mañana se convirtió en domingo por la tarde y luego en lunes por la mañana y en lunes por la tarde. Ni Sam ni ella mencionaron alquilar un barco para volver a Sídney, y cuando Ruby llamó a Miller para preguntarle por su madre le dijo que habían decidido quedarse en la casa de la playa para hablar del caso en el que estaban trabajando.

Dudaba mucho que Miller la creyera, pero no insistió. Tal vez percibió la fragilidad emocional de Ruby al otro lado del teléfono. Algo que, para ser sincera, iba y venía en función de lo que estuvieran haciendo.

Si estaban en la cama juntos era prácticamente inexistente. Su cuerpo, su mente y todo su ser estaban completamente entregados a Sam y a todo lo que se hacían el uno al otro. No había espacio para la duda cuando él ponía sus expertas manos en su cuerpo, expandiendo su repertorio sexual de un modo impresionante.

Si estaban haciendo algo normal como cocinar juntos o sacar a Kong a pasear, entonces se sentía un poco más extraña y fuera de lugar.

Ir a la casa que estaba cerca de la de Miller y Tino, como habían hecho a primera hora de la mañana, le había resultado completamente extraño.

Sam recordaba el comentario de Miller de que estaba a la venta y quiso investigar rápidamente.

–Creo que no deberíamos ir –le había dicho ella siguiéndole–. Es propiedad privada.

Sam la miró como si fuera un niño espiando los regalos de Navidad antes de abrirlos.

–¿Dónde está su sentido de la aventura?

–Lo perdí en el instituto –afirmó ella haciéndole reír.

–Bueno, ¿qué te parece? –le preguntó Sam tras mirar por las ventanas de la planta de abajo.

–Me encanta –Ruby observó la pintura desconchada y las enredaderas que crecían descontroladamente por los postes del porche–. Tiene mucha personalidad.

–¿Quieres comprarla?

–¿Yo? –se rio suavemente. Le vino a la cabeza la repentina visión de Sam y ella pintando la fachada–. Miller sugirió que la compraras tú para que vuestros hijos crezcan juntos. Yo no formo parte del trato.

Se apartó de él entonces con una extraña sensación agridulce en el pecho.

–Aquí hay mucho trabajo por hacer –añadió negándose a dejarse atrapar por el romanticismo de las imágenes que se habían apoderado de su mente–. Para que vuelva a ser bonita, quiero decir.

Sam se le acercó por detrás y le rodeó la cintura con los brazos.

–A estas alturas ya deberías saber que no me importa el trabajo duro. Sobre todo con las cosas bonitas.

Ruby tuvo la extraña sensación de que estaba hablando de ella y lo besó ciegamente, reemplazando la intensa reacción emocional por el deseo. Apenas tuvieron tiempo de regresar a casa de Miller y Tino antes de que él volviera a devorarla.

Ahora estaban tumbados juntos bajo un viejo árbol con el sol de media tarde moteando el césped con formas interesantes mientras los insectos zumbaban con indolencia bajo el calor. Ruby intentó no caer en un estado de pánico absoluto. Kong estaba tumbado con ellos, había corrido un rato por la playa con Sam y el esfuerzo lo había agotado.

Ruby giró la cara hacia el sol mientras recordaba cómo habían preparado la comida juntos y luego hicieron el amor dulcemente. Apenas se reconocía a sí misma en presencia de Sam. No podía recordar la última vez que se había sentido así de relajada. Y no se trataba de una postura de yoga. Solo estaba él, Sam, y sus manos mágicas que sabían cómo tocarla. Sam con sus maneras suaves y su infinita paciencia cuando descubrió que Kong le había destrozado los zapatos nuevos a mordiscos, y Sam y su conversación inteligente, los anchos hombros en los que sería tan fácil apoyarse durante un rato.

Había sido capaz desde el principio de derrocar las defensas con las que llevaba toda la vida protegiéndose, y dormir con él, estar con él así hacía que le resultara más difícil mantener la perspectiva de las cosas. Y sería mucho más difícil todavía si estuviera enamorada de él.

«¿Enamorada de él?».

Aquello no se trataba de amor. Sam no buscaba eso en ella y ninguno de los dos había hablado de sentimientos ni de nada parecido durante el largo fin de semana. De hecho, Ruby sabía que aquello no podía ir más allá del fin de semana porque, independientemente de lo que pensara Sam, si seguían acostándose juntos aquello complicaría su vida laboral.

A Ruby le dio un vuelco el corazón cuando escuchó el sonido de un mensaje de texto y, desesperada por distraerse, sacó el móvil del bolsillo.

—Es un mensaje de mi madre —dijo sentándose bruscamente.

Sam observó su rostro mientras lo leía. Había palidecido.

—¿Va todo bien?

Ruby parpadeó mientras su cerebro trataba de encontrarle sentido al mensaje.

—Sí. No. Mi madre se va a casar.

Sam la miró con un brazo detrás de la cabeza y el ceño fruncido.

—No pareces muy contenta.

—No lo estoy. Bueno, sí, pero... —Ruby sacudió la cabeza—. Sinceramente, no sé cómo sentirme —se puso de pie. De pronto necesitaba distanciarse de Sam—. Mi madre tiene este optimismo eterno respecto a las relaciones, y me resulta tan ajeno que me cuesta entenderlo.

Se dirigió al extremo de la propiedad y se quedó mirando la bahía que asomaba tras los árboles. Sintió cómo Sam se colocaba detrás de ella y se puso tensa por si se le ocurría tocarla.

—No te sigo.

—Mi madre no toma buenas decisiones cuando está en una relación —se giró hacia él y se abrazó el vientre—. Se vuelve muy necesitada y luego todo sale mal.

—¿Eso fue lo que ocurrió con tu padre?

—En cierto modo, sí —Ruby se rio sin ganas—. Se peleaban todo el rato y a veces tan fuerte que me encontraba a Molly debajo de su cama. Le leía un cuento para ayudarla a bloquear la situación —miró de nuevo hacia la bahía—. Nunca lo entendí. Mi padre no parecía estar nunca contento, y sin embargo mi madre había dejado su carrera profesional por él, algo que más adelante lamentó cuando él la dejó por una compañera de trabajo.

—Eso es duro.

—Lo fue. Mi madre tardó mucho tiempo en recuperarse y nada de lo que yo pudiera decir conseguía que se sintiera mejor.

Sam frunció el ceño y se metió las manos en los bolsillos mientras la observaba.

—¿Por qué tenías que hacer tú que se sintiera mejor? Solo eras una niña.

—No lo sé. Creo que cayó en una depresión y yo era la única disponible para ayudarla. Sinceramente, habría hecho cualquier cosa para hacerla feliz.

Sam la miró de soslayo.

—Así que tú eres la rescatadora de la familia.

—¿Rescatadora? —Ruby se rio para disimular la vergüenza. No se podía creer que hubiera desvelado de aquel modo los secretos familiares. Aquel era un fin de semana de sexo, no una terapia—. Lo dudo —hizo amago de apartarse, pero Sam se lo impidió tomándola de las manos con dulzura y atrayéndola hacia sí.

—¿Cuántos años tenías cuando tu padre se marchó?

—Catorce —Ruby tragó saliva sin saber cómo cambiar de tema y que no resultara muy obvio—. En realidad, fue lo mejor que podía pasar —aparte de que su madre pasara dos años en una profunda depresión—. Bueno, lo mejor no, pero desde luego hubo más paz cuando se marchó. Aunque…

—Aunque le echabas de menos —terminó Sam por ella interpretando correctamente el tono triste de su voz.

—Sí —Ruby parpadeó para librarse de las lágrimas que se le habían formado en los ojos—. Y es una tonte-

ría, porque seguramente no habría funcionado de todas maneras –trató de sonreír para alegrar el momento, pero le temblaron los labios y ocultó la cabeza
en el hombro de Sam–. ¿Por qué es tan difícil el amor?

–Porque la necesidad de conexión del ser humano
es muy poderosa, y a veces uno la desea a toda costa.
Incluso aunque la otra persona no quiera lo mismo.

Ruby tuvo la sensación de que Sam hablaba por
experiencia propia, y como estaba más que dispuesta
a cambiar de tema, echó la cabeza hacia atrás y le
preguntó:

–¿Eso te pasó a ti?

–En cierto modo, sí –Sam torció el gesto–. Mi padre apenas estuvo presente cuando yo era niño, pero
eso no cambió lo que sentía por él.

Ruby sabía por Miller que el padre de Sam había
muerto en un brutal accidente de coche.

–¿Porque murió, quieres decir?

–No. Tampoco estaba disponible mucho antes de
eso. Tenía su carrera y no necesitaba mucho más. Era
un piloto famoso que vivió una vida apartada del
mundo real. Su familia no era una prioridad para él.

Ruby no sabía que compartían una experiencia pare-
cida, la de unos padres emocionalmente distantes. Le
rodeó instintivamente la cintura en un gesto de consuelo.

–Lo siento, Sam. No lo sabía.

–¿Por qué ibas a saberlo? –Sam le apartó con dulzura el pelo de la frente–. Pero el pasado es el pasado.
No puedes cambiarlo. Solo puedes aceptarlo y supe-
rarlo.

–¿Tú lo has hecho? –le preguntó pensando en sí
misma y también en él–. ¿Lo superas o te cambia de
un modo irreversible? –Ruby nunca había confiado en
el amor.

–¿Quién sabe? –preguntó él tomándola en brazos de forma tan repentina que Ruby chilló.

Kong ladró y bailó alrededor de los pies de Sam.

–¿Qué haces? –Ruby se agarró a su cuello.

–Enseguida lo sabrás.

–No tengo el bañador puesto –murmuró ella con alegría al ver la centelleante piscina.

Sam la miró fijamente con una sonrisa.

–Yo tampoco.

Kong arañó la puerta del dormitorio más adelante aquella tarde y Sam hundió la cabeza en la almohada.

–Ese perro va a volver al centro de rescate en cuanto volvamos a Sídney –gruñó.

Ruby se movió a su lado y le dio un beso en el hombro.

–No. Le quieres demasiado para devolverlo. Pero quédate aquí, esta vez lo saco yo.

Sam se giró y la atrajo hacia sí antes de que se alejara demasiado.

–¿Puedes traerme el móvil? Debería ver si Tino nos va a recoger esta noche. Aunque no quiero que este fin de semana se acabe.

–Todo lo bueno llega a su fin –murmuró ella zafándose de sus brazos y poniéndose su camiseta.

Sam cerró los ojos y pensó en su último comentario. ¿Tenía razón Ruby? ¿Todas las cosas buenas terminaban o podían seguir eternamente? Antes de que se le ocurriera alguna respuesta, Ruby volvió a la habitación.

–Tienes que levantarte, Valentino está aquí.

–¿Ya?

–Sí, son las cinco de la tarde. Creo que me ha visto.

Sam deslizó la mirada por su figura embutida en una de sus camisetas y nada más.

–Eso es un problema –murmuró entornando los ojos–. Si ha visto algo tendré que matarle.

–Déjate de bromas. Tienes que levantarte. Vístete.

Sam bostezó. No veía el problema por ninguna parte. Tras hacer el amor y hablar la mayor parte del día, se sentía completamente satisfecho.

Aunque no habían hablado de nada importante. Como qué ocurriría cuando regresaran a Sídney. Había pensado en ello cuando Ruby se durmió antes y supo que él quería que las cosas continuaran entre ellos cuando volvieran. Sin duda a ella le parecería una complicación, pero no tenía por qué serlo. Lo cierto era que Ruby le gustaba. Le gustaba pasar tiempo con ella en la cama y fuera de ella, le gustaba su sagacidad y su fuego.

Se le suavizó la mirada al ver cómo buscaba algo debajo de la cama. Sobre todo le gustaba verla reír cuando su perro le lamía la cara. ¿Por qué iba a querer dejarlo y seguir adelante antes de estar preparado?

–¡Sam, todavía estás en la cama!

–Cálmate –respondió él en tono tranquilizador–. Tino ya sabe que estás aquí.

Kong ladró en la puerta y a Ruby le dio un vuelco el corazón.

–Sí, pero no sabe que estoy aquí así… ¡contigo! Cree que estamos trabajando en un caso.

–¿Y qué pasa? Ya se dará cuenta con el tiempo.

–No quiero que pase eso. Si alguien del bufete se entera…

Dejó la frase sin terminar, pero Sam se hizo una idea general y no le gustó. Se levantó de la cama y se puso los pantalones cortos tratando de no enfadarse.

–Mi hermano no es una persona indiscreta, y, que yo sepa, no trabaja para mí.

–De todas formas, no quiero que ni él ni Miller sepan que… –agitó la mano entre ellos como si no tuviera palabras, y eso le enfureció todavía más–. Quiero decir, una noche en una fiesta es explicable… más o menos. Pero esto…

–¿Esto? –Sam se preguntó cómo podía mantener la voz calmada si sentía que le iba a estallar la cabeza.

–Este fin de semana –Ruby alzó la barbilla en un gesto obstinado–. Es entre nosotros y nadie más.

–A ver si lo he entendido –Sam se acercó a ella con una sonrisa peligrosa–. Quieres que sea tu pequeño y sucio secreto, ¿es eso?

Ella frunció el ceño.

–No, no es eso…

–Bien –Sam le pasó las manos por el pelo y le alzó la cara para darle un beso fugaz–. Porque yo no funciono así.

Pero al final sí funcionó así. Atajó la mirada de curiosidad de Valentino con otra más firme y llevó el equipaje de Ruby al yate. Por suerte, su hermano no era tonto y captó la indirecta, así que estuvo hablando de cosas banales para llenar el silencio.

Al parecer, le había enviado un mensaje a Sam aquella mañana diciéndole que los recogería un poco antes de lo planeado, algo que Sam habría sabido si se hubiera molestado en comprobar el teléfono. No había visto la necesidad porque era un día de fiesta nacional. Y estaba demasiado ocupado. Demasiado ocupado haciendo el amor con Ruby y recuperando el sueño que había perdido la noche anterior.

Una sensación tirante se le asentó en el pecho mientras el yate atravesaba las agitada olas. No recordaba haber deseado tanto algo como deseaba a aquella mujer.

¿Y qué quería exactamente de ella?

Pensó en la respuesta mientras la observaba. Tal vez no supiera con exactitud qué quería, pero sabía lo que no quería... que lo siguiera tratando como a un leproso después del fin de semana que habían pasado.

Torció el gesto cuando el yate enfiló finalmente directo hacia el precioso puerto de Sídney. El viento le alborotaba el cabello a Ruby, que tenía el rostro elevado hacia el brillante sol, y la sensación de tirantez se hizo más fuerte. Apenas habían intercambiado palabra desde que Valentino los recogió. Ruby había estado preguntando a su hermano sobre la madre de Miller, actuando básicamente como si no hubiera pasado los dos últimos días rendida en sus brazos.

Lo que no había hecho era seguir la trayectoria a la que Sam estaba acostumbrado, en la que las mujeres esperaban más de él de lo que estaba preparado para dar y trataban sutilmente de preguntarle qué iba a suceder a continuación.

Irritado porque la única mujer que sí quería que esperara algo de él no lo hacía, Sam desembarcó del yate en cuanto Tino amarró, gruñendo cuando Ruby aceptó la oferta de Tino de llevarla a casa. La dirigió con firmeza hacia su propio todoterreno y la acercó él mismo.

Ella no dijo nada durante el trayecto, se limitó a acariciar a Kong y a observar el paisaje de Sídney que se conocía de memoria. Sam la había dejado sola con sus pensamientos porque necesitaba ordenar los suyos, pero cuando se detuvo en la puerta de su edificio de apartamentos supo que tenía que decir algo.

Puso a Kong en el asiento de atrás y se bajó para abrirle a Ruby la puerta del coche, irritado al ver que ya le estaba esperando en la acera.

—Te acompaño —dijo con voz seca sacando la bolsa de viaje.

—No hace falta —afirmó ella agarrando las asas como si estuviera llena de joyas y Sam fuera un convicto recién salido de prisión—. He pasado un fin de semana estupendo. Gracias.

Sam apretó los dientes.

—No es así como tenía pensado que terminara esto, Ruby.

—Ha sido un poco raro que Valentino apareciera de pronto, pero…

—No estoy hablando de mi hermano. Hablo de ti y de mí —su voz tenía un tono grave—. Pasa la noche conmigo —le puso las manos en los hombros—. Ven a mi casa y te prepararé la cena.

—No puedo —Ruby no le miraba a los ojos—. Tengo que revisar unas notas de trabajo y…

—Hazlo en mi casa.

—Molly me está esperando. Hemos quedado en hablar de la situación de mamá.

—De la boda, quieres decir.

—Sí.

Sam podía sentir la tensión emanando de los músculos tirantes de sus hombros y sintió el deseo de aliviar la carga que tenía.

—Tu madre es una mujer adulta, Ruby. Puede cuidar de sí misma.

—Ya lo sé —se apartó de él y Sam supo que la había ofendido—. No soy idiota.

Sam se pasó la mano por el pelo con gesto frustrado. Cuantas más murallas intentaba levantar Ruby entre ellos, más deseo sentía de derribarlas.

–Ya lo sé. Solo estoy intentando brindarte mi apoyo.

–No necesito tu apoyo, Sam. Yo también soy una mujer adulta.

–Maldita sea, ¿puedes dejar de ser tan quisquillosa? –le deslizó las manos por las caderas y la atrajo hacia sí–. No quiero discutir contigo. Quiero volver a verte. ¿De verdad creías que solo querría un fin de semana?

–Sí. No. No lo sé.

–Bueno, pues no –murmuró Sam–. Quiero más.

–¿Cuánto más? –preguntó ella con voz ronca.

–No lo sé –respondió Sam con sinceridad–, Pero sí sé que no quiero que esto termine todavía.

Ruby se mordió el labio inferior y le puso los dedos en la parte frontal de la camisa como en un acorde de piano.

–¿Y tú? ¿Qué quieres tú? –quiso saber Sam.

–Yo tampoco lo sé –reconoció Ruby–. Trabajamos juntos, y…

–Eso es un punto importante para ti, lo sé –Sam la miró fijamente–. Así que vamos, dibújame los peores escenarios de lo que podría salir mal en el futuro. Puedes empezar por tu mayor miedo.

Ella abrió los ojos de par en par.

–¿Para poder derribarlo?

–Por supuesto –Sam sonrió de oreja a oreja–. Adelante. Esto se me da bien, confía en mí.

–De acuerdo –Ruby aspiró con fuerza el aire–. Si seguimos con esto y alguien del bufete se entera, los cotilleos serán terribles.

–La única forma de que alguien se entere en el trabajo es que alguno de nosotros dos sea indiscreto y hable. Yo no voy a hacerlo, y dudo de que tú lo hagas.

–Podrías empezar a sentirte incómodo al verme en la oficina todos los días y cambiar de opinión respecto a mezclar trabajo y placer.

–¿Y despedirte, quieres decir?

Ruby alzó una ceja.

–No sería la primera vez que ocurre. Y eres mi jefe.

–Cierto. Pero no soy tan estrecho de miras.

–¿Qué pasa si uno de los dos decide terminar?

–Nos comportaremos como adultos maduros y seguiremos adelante con normalidad –Sam sonrió y la atrajo un poco más hacia sí–. ¿Algo más?

–Seguro que sí, pero ahora mismo no se me ocurre.

–Porque estás haciendo una montaña de un grano de arena –Sam se inclinó para besarla–. Di que sí.

–Sam –Ruby gimió contra sus labios y le rodeó el cuello con los brazos–. Creo que podrías desgastar un tanque con solo mirarlo.

Él frunció el ceño.

–Yo no quiero desgastarte –¿estaba diciendo Ruby que no quería aquello, que no lo deseaba a él? Sintió como si le hubieran dado una puñalada en el vientre–. Si esto no es lo que quieres solo tienes que decirlo y me iré ahora mismo. ¿Quieres que me vaya, Ruby?

–No –la palabra fue apenas un susurro, pero volvió a poner en marcha el corazón de Sam–. No quiero que te vayas, Sam, pero esto no se me da muy bien. No sé cómo hacer que funcione.

Las palabras salieron de ella como si estuviera corriendo un gran riesgo por el mero hecho de decirlas. El eco de aquella sensación resonó también en el interior de Sam.

–Funciona dando un paso cada vez –dijo con dulzura–. En el trabajo seguimos como siempre, y los fines de semana… –Sam esbozó una sonrisa lenta y le deslizó las manos por el pelo–. Los fines de semana quemamos las sábanas juntos hasta que no podamos movernos. ¿Cómo te suena eso?

–Me suena a problemas –afirmó ella apretándose más–. Pero de acuerdo, si hacemos esto tiene que ser de una forma muy simple. Nada de promesas innecesarias ni repercusiones.

–De acuerdo.

–Y nada de implicaciones emocionales. Para ninguno de los dos.

Una suave brisa le agitó el pelo por la cara. Sam le apartó los mechones.

–¿Alguna vez haces algo sin advertencias?

–Normalmente no –gruñó Ruby–. ¿Supone eso un problema?

–En absoluto –Sam puso los labios en los suyos en un beso voraz del que solo salió para tomar aire cuando ambos estaban sin aliento–. Mira lo que me haces, Ruby. Lo que nos hacemos el uno al otro –le deslizó el dedo por el labio inferior–. ¿Qué perdemos diciendo que sí?

Ella tenía una mirada cargada de deseo que reflejaba el suyo.

–Nada –susurró.

Pero lo que Sam escuchó en su voz, lo que sintió cuando le rodeó el cuello con los brazos, fue «todo».

Capítulo 9

EL SIGUIENTE fin de semana juntos volaron a Melbourne, alquilaron un coche y condujeron por los escarpados acantilados de la carretera de la Great Ocean Road.

Victoria no era tan cálida como Nueva Gales del Sur, así que Sam se detuvo en un mercadillo para comprarle un chal. Se alojaron en una casa preciosa con vistas al mar en Apollo Bay, encendieron la chimenea y hablaron de todo, desde los terroríficos días de exámenes en la universidad a los aciertos de la nueva ley medioambiental del gobierno.

Ruby descubrió que Sam había estudiado Derecho porque su padre solía echar pestes de él, y ella le contó que se había visto impelida por el deseo de hacer justicia.

El siguiente fin de semana fueron a Queensland, se alojaron en un hotel ecológico, hicieron submarinismo, nadaron con delfines y durmieron bajo las estrellas. Kong fue con ellos a ambos viajes y resultó ser un excelente compañero de viaje sin contar con la pata del sofá que había roído en la casa de Apollo Bay y que Sam ya había reemplazado por una versión más cara. Cuando Molly y Miller le preguntaron a dónde iba, ella se inventó un caso ultrasecreto que tenía que supervisar, y aunque las dos parecieron recelosas, estaban acostumbradas a que Ruby trabajara los fines de semana.

Aquello había sido dos semanas atrás, y desde entonces Ruby apenas había visto a Sam ni había sabido nada de él. Seguramente se debía a que había nacido la hija de Drew y Mandy, una niña preciosa que había duplicado las responsabilidades de Sam. Y la última semana tuvo que volar a Los Ángeles para resolver los problemas de un caso en el que estaban trabajando. Dijo que le daba pena tener que cancelar otro fin de semana con ella, pero que no tenía elección.

Incluso le dio las gracias a Ruby por tomárselo tan bien, pero ¿qué esperaba, que Ruby se pusiera pesada? Ella no era nunca pegajosa. Nunca.

Y lo cierto era que el hecho de que Sam hubiera estado fuera era algo bueno. El volumen de trabajo de Ruby también había aumentado significativamente desde la fusión y necesitaba mucho tiempo para ponerse al día.

También aprovechó el fin de semana para ver a su madre y a su prometido, Phil.

Comieron en un elegante restaurante francés el domingo anterior y su madre le relató encantada la historia de su romance.

Al parecer, su relación había sido un torbellino, el tipo de relación favorita de su madre, y Ruby quería confiar en que esa durara más que las muchas que había tenido a lo largo de los años. Aunque lo cierto era que ninguna había llegado a la fase del compromiso. Para Ruby seguía siendo un misterio que su madre fuera tan optimista como para seguir saliendo con hombres después de lo destrozada que se quedó cuando su padre se marchó. Pero tenía que admitir que parecía estar feliz con Phil, y eso era lo que Ruby había deseado siempre para ella.

Con las sabias palabras de Sam en la mente, palabras que en su momento no quiso escuchar respecto a que su madre era una mujer adulta capaz de cuidar de sí misma, Ruby vio que se tenía que morder la lengua en lugar de decirle a su madre que tuviera cuidado. A Molly le pareció un comportamiento tan fuera de lo normal en ella que después de la comida le preguntó si estaba bien.

—Estoy perfectamente —respondió Ruby con despreocupación—. Pero he decidido intentar dejar de salvar a mamá cuando está claro que ya ni lo necesita ni lo quiere.

Molly se la quedó mirando con la boca abierta.

—Vale, dónde está mi hermana y cuánto quieres que pague para que vuelva.

Ruby la miró con ojos cansados, pero en el fondo ella se preguntaba lo mismo. A veces se sentía diferente, más libre y menos preocupada por todo, y siempre preguntándose qué estaría haciendo Sam. Como ahora, por ejemplo, que en lugar de estar preparándose para una reunión importante con Carter Jones estaba calculando la diferencia horaria con Los Ángeles.

Y cada vez se preguntaba si no estaría siendo un poco ingenua al haber accedido a seguir viendo a Sam después de aquel largo fin de semana en la casa de la playa, porque el pulso se le aceleraba por el deseo y no era capaz de ponerle fin.

Todavía.

Pero ¿qué estaría haciendo Sam ahora? ¿Trabajando, como había dicho, o había quedado con amigos? ¿Se habría encontrado con algún antiguo amor? ¿Sería su falta de contacto una señal de que ya se estaba cansando de su relación? A Ruby se le puso el estómago del revés. ¿Habría sido para él suficiente el tiempo que habían pasado juntos, mientras que para ella cuanto más estaba a su lado más tiempo quería pasar con él?

Tuvo que hacer un gran esfuerzo para no volverse paranoica, y tenía la impresión de que lo había conseguido hasta que oyó su voz en el pasillo tras la puerta de su despacho.

–Eso es una gran noticia. Que me llame su director de finanzas. Esas negociaciones del contrato pueden complicarse cuando menos te lo esperas, así que ella necesita tener toda la información con tiempo.

Ruby solo tuvo un momento para recomponerse antes de que Sam entrara por la puerta, tan guapo que hacía daño mirarlo.

Grant murmuró un saludo sin apenas levantar la vista del ordenador, sus dedos trabajaban frenéticamente en el contrato que tenían pensado presentarle a Carter Jones en menos de dos horas.

Ruby sonrió a Sam y se encontró con una expresión tan seria que se le formó un nudo en la garganta. Había conocido a alguien en Los Ángeles. En alguna fiesta, lo lamentaba pero… ¿qué podía hacer? Para ellos las cosas volvían a ser como antes.

–Acabo de enterarme de que Jones ha convocado una reunión de mediación para esta tarde –dijo mirándola con sus ojos oscuros–. ¿Estamos preparados?

Ruby cambió rápidamente del modo personal al profesional y odió la sensación de inseguridad que se apoderó de su estómago. Exhaló profundamente el aire.

–Sí. Tiene miedo por la filtración a la prensa de la semana pasada, y también porque vamos a presentar una demanda judicial colectiva.

Sam asintió y miró el móvil.

–He anulado todas mis citas de las próximas horas. ¿A qué hora vais a su oficina?

¿Había anulado sus citas? Ruby ni siquiera sabía que estaba de regreso en el país. No le había enviado ni un solo mensaje tras preguntarle cómo había transcurrido la tarde con su madre el domingo. Dios, ojalá no se diera cuenta de lo desconcertada que se sentía en aquel momento.

–Dentro de una hora.

–¿Nos dejas un minuto, Grant? –preguntó Sam sin apartar la mirada de ella.

No era una pregunta y Grant no se lo tomó así, agarró el ordenador abierto y los dejó solos.

Sam cerró la puerta tras él y Ruby sintió un nudo en la garganta.

–¿Algo más?

Sam se acercó a ella rodeando el escritorio con tres pasos.

–Sí –la puso de pie escudriñándole los ojos–. Te he echado de menos.

Ruby solo pudo quedarse mirándolo con asombro. Se había quitado los zapatos debajo de la mesa, así que se sintió muy pequeña a su lado. Sus ojos marrones la clavaron en el sitio. El corazón le latía con tanta fuerza dentro del pecho que le sorprendía que Sam no pudiera oírlo con la misma claridad que ella.

–Tienes exactamente dos segundos para decirme que no antes de que te bese –murmuró.

–Yo… –Ruby se humedeció los labios, completamente embriagada por su poder.

–Uno –Sam dio un paso adelante.

–No deberíamos.

Él dio otro paso con la mirada clavada en su boca.

–Eso no es un «no». Dos.

Sin darse cuenta de que la había acorralado contra la pared hasta que sintió su sólida presencia en la espalda, Ruby le puso las manos en el duro pecho. Sabía que si le decía que se apartara lo haría al instante. Pero no quería que lo hiciera. Lo que hizo fue deslizarle las manos por los hombros y gemir su nombre cuando su boca se estrelló contra la suya.

Fue un beso delicioso. Profundo y adictivo. El gruñido de Sam y su poderoso cuerpo le hicieron saber lo mucho que la deseaba, y Ruby se derritió.

En aquel momento le habría dado igual que Drew, su padre y todo el equipo ejecutivo estuvieran en la sala tomando notas. Había echado de menos a Sam más de lo que quería admitir y estaba deseando volver a estar entre sus brazos.

Sam apoyó la frente en la suya antes de soltarla y dar un paso atrás.

—Lo siento. Sé que esto ha sido cruzar la línea, pero las dos últimas semanas han sido interminables. Cena conmigo esta noche.

—De acuerdo —no era fin de semana, pero a Ruby le daba igual—. ¡Oh, no! No puedo. Le prometí a Molly que repasaría el papel con ella esta noche. Tiene pronto una prueba muy importante.

—¿Cuánto tiempo te llevará?

—No toda la noche.

Sam esbozó una sonrisa llena de promesas sensuales justo cuando Veronica entró a toda prisa cargada con una caja.

—He encontrado esto en… ah, perdón. No sabía que había alguien contigo.

—Ya me iba —aseguró Sam—. Esta noche —añadió antes de dejarlas.

Veronica dejó la caja sobre el escritorio de Ruby.

–Por fin encontré tus libros perdidos –empezó a sacarlos–. ¿Qué pasa esta noche?

–Nada... –Ruby se pasó los dedos por las comisuras de los labios–. Una... una cosa de trabajo.

–Ah, de acuerdo –Veronica le dirigió una sonrisa enigmática y luego se retiró a responder al teléfono que sonaba en su escritorio–. Bueno, pues disfruta de tu «cosa de trabajo» y esta vez no te olvides los zapatos.

Ruby gimió. Sabía que no había engañado a Veronica ni por un momento. Cerró el ordenador y se puso los tacones con una pequeña sonrisa en los labios. Seguramente debería sentirse un poco más preocupada al respecto. Y tal vez sería así si el cuerpo no le temblara todavía por aquel beso.

Cuando volvieron a coincidir en el coche que los llevaba a la sede de Star Burger, Ruby se alegró de que Grant estuviera con ellos. Era un manojo de nervios y sabía que se debía solo a la presencia de Sam. Normalmente se habría sentido completamente segura porque sabía que se había preparado muy bien, como le sucedía en todos los casos en los que trabajaba. Sin embargo, ahora había demasiado en juego y una parte de ello era impresionar a Sam, aunque eso no debería ser una prioridad para ella.

Ruby se recompuso, cambió el interruptor de sus emociones y se centró en lo que tenía que hacer mientras los tres caminaban por la zona de despachos palaciegos de Carter Jones. Tras esperar diez minutos, Sam le dijo a la recepcionista que si tenían que esperar un segundo más romperían las negociaciones con la cadena de restaurantes y se marcharían.

La asistente personal de Carter apareció como por
arte de magia y los acompañó a la lujosa sala de conferencias. Dos minutos más tarde apareció Carter Jones, un hombre alto, calvo y con ojos saltones, acom-
pañado de Tom Roberts, su abogado principal, y seis
secuaces. Ruby conocía la reputación de Tom como
tiburón corporativo, y sabía que tenía pocos escrúpu-
los y mucho cerebro. No se molestó en corresponder
a su altiva sonrisa, y Sam y Grant tampoco.

Carter no sonrió, miró al otro lado de la mesa y no
dijo nada mientras Tom empezaba con su discurso ini-
cial, que básicamente venía a decir «no vamos a pagar
y no tenéis caso».

—Por favor, dime que no nos has llamado para volver a repetir lo mismo, Tom —dijo Ruby con buen ta-
lante.

Tom torció el gesto.

—Sabemos que estáis intentando que la diputada
Tessa Miles apoye vuestra causa, pero no subirá al
estrado, Ruby. Estás construyendo castillos en el aire.

Ruby lo miró con frialdad.

—Yo comprobaría mi información si fuera tú, Tom.
La señora Miles no solo va a declarar, sino que además nos ha proporcionado su testimonio escrito. Y sí,
está firmado.

Aquello llamó la atención de Tom, y mientras hablaba con uno de sus secuaces, Carter Jones la miró
con desprecio antes de dirigir la vista hacia Sam.

—¿Quién lleva este asunto, Ventura? ¿Tu subordi-
nada o tú?

—Haz como si yo no estuviera —respondió Sam.

Carter se metió un chicle de menta en la boca y lo
masticó ruidosamente.

—No puede ganar este caso, señorita Clarkson. El

tribunal nunca admitirá esos vídeos de los que está tan orgullosa.

—Seguramente no —reconoció Ruby—. Pero no los necesitamos, contamos con el testimonio de la señora Miles y con más clientes potenciales que se están poniendo en contacto con nosotros tras la reciente tormenta de los medios de comunicación.

—¿Qué otros clientes potenciales? —preguntó Tom atragantándose con el agua que estaba bebiendo.

—¿No te llegó mi correo, Tom? Deberías hablar con tu equipo. Puede que cuando volvamos a la oficina ya seamos cincuenta.

Sin saber si creerla o no, Tom se puso de pie y empezó a hablar de precedentes legales y de documentación ilegal hasta que Carter le espetó:

—Siéntate y calla. Has sido un completo inútil en este caso desde el primer día, Roberts.

Tom se puso como un tomate bajo la mirada de Carter, y sus compañeros se revolvieron incómodos en los asientos. Ruby casi sintió lástima por el hombre.

—De acuerdo, ¿cuánto quieren sacarme esas garrapatas? —le espetó Carter a Ruby—. Dime una cifra.

Ruby le comunicó la cantidad a la que habían accedido sus clientes, aunque ella les informó de que tenían derecho a mucho más.

—¿Eso es todo? —Carter se rio con incredulidad.

—Hay algo más —añadió Ruby con suavidad—. También queremos que haga una donación anual a los centros de refugiados de todo el país —dijo otra cifra, esa vez mucho más sustancial.

Carter carraspeó.

—Está usted tentando a la suerte, señorita —clavó luego la mirada en Sam—. ¿Vas a quedarte ahí sentado sin decir nada, Ventura?

–Y una disculpa pública –continuó Ruby como si no hubiera hablado.

Carter apretó los finos labios.

–No hay trato.

–Confiaba en que dijera eso –Ruby sonrió–. Estoy deseando verle en el juzgado, señor Jones.

–De acuerdo. Haré lo que me pide –Carter la insultó entre dientes.

–Si vuelves a llamarle eso a mi socia nos veremos las caras en una sala cerrada –dijo Sam con una suavidad letal que daba más miedo que una bomba a punto de estallar–. Tendrás el contrato en tu mesa en menos de una hora.

–Le está llegando al correo mientras hablamos –murmuró Grant tecleando en el ordenador.

–Caballeros, si no hay nada más, nos vamos –dijo Ruby poniéndose en pie.

Cuando entraron en el ascensor y pulsó el botón de la planta baja pensó que se iba a partir en dos por la tensión.

–Creo que acabamos de ganar –se atrevió a murmurar Grant en medio del silencio.

Así era, pero Ruby se sentía todavía tan humillada por el insulto de Carter Jones que no podía alegrarse.

–Ruby…

–Estoy bien, Sam –lo atajó para poder lidiar a solas con sus emociones.

Inconsciente de la tensión que había entre ellos, Grant sacudió la cabeza como si surgiera de un largo letargo.

–No me puedo creer que Jones haya entrado al trapo así –miró a Ruby con curiosidad–. ¿Quiénes son los cincuenta clientes potenciales? Creía que solo teníamos uno más.

–Puede que lo haya adornado un poco –reconoció ella con una media sonrisa.

–Eres un genio –murmuró Grant mientras salían al agobiante calor húmedo de Sídney–. Eres oficialmente mi nuevo héroe. ¿Qué, unas copas en el pub? –sonrió a los dos–. Yo diría que nos lo hemos ganado.

Ir a su pub habitual era lo último que Ruby quería hacer. Le resultaría más difícil esconderse y lamerse las heridas en un lugar público.

–Yo no –dijo–. Voy a volver a la oficina para llamar a nuestros clientes y contarles el resultado.

–Lo siento. Yo también tengo que volver –dijo Sam abriendo la puerta de atrás de la limusina y esperando a que Grant entrara antes de bloquear sutilmente el camino de Ruby con el cuerpo.

–Estoy seguro de que vas a tomarte esto de un modo irracional –murmuró de modo que solo ella pudo oírlo–. Pero habría defendido del mismo modo a cualquiera de mis colegas. Olvídate de Carter Jones y céntrate en el trabajo tan brillante que acabas de hacer.

–Gracias –Ruby sintió un nudo de emoción en la garganta.

Oh, Dios, no podía hacer aquello. No podía estar con Sam, y no por el trabajo o por su reputación ni porque Veronica se hubiera dado cuenta de que pasaba algo entre ellos, ni porque Carter Jones la hubiera insultado. Sino porque se había enamorado de él.

Completa e irrevocablemente.

Un error absoluto, teniendo en cuenta que solo tenían una aventura. Una aventura que en algún momento tenía que terminar y ella lo sabía. Y la dejaría destrozada.

Aquella certeza cayó sobre ella como una losa y fue seguida de una oleada de pánico.

Sam inclinó finalmente la cabeza y se apartó de su camino.

—Ya hablaremos esta noche.

Ruby empezó a preguntarse cómo podría evitar verlo. Lo que necesitaba era distancia para entender cómo había pasado del sexo sin compromiso al amor con el cuidado que había tenido para que no fuera así.

Sam acababa de entrar en su despacho cuando Wilma, la secretaria que había heredado del señor Kent, llamó a la puerta y entró.

—Ya me voy a ir, señor Ventura, pero quería pedirle que firmara este par de cartas antes.

Sam echó un rápido vistazo al contenido y garabateó su firma al final antes de devolvérselas a Wilma.

—¿Algo más?

—Sí, también tengo este documento para que lo firme. Por cierto, felicidades por haber ganado el caso Star Burger. No se habla de otra cosa en el bufete. Vamos a echar de menos a la señorita Ruby cuando se marche.

Sam alzó la vista al instante.

—¿Marcharse? ¿A dónde?

—A la oficina de Londres, señor —la mujer sonrió—. Tengo sus documentos para que usted los firme. Ya sé que ahora todo se hace por ordenador, pero al señor Kent le gustaba tener una copia en papel de los cambios del personal. Como no tenía claro si usted también quería, preferí hacerla por si acaso.

Una terrible frialdad se apoderó de Sam. Agarró los documentos que Wilma le ofrecía y se quedó mi-

rando la solicitud de traslado de Ruby sin verla realmente.

—¿Pidió Ruby este traslado o lo solicitaron desde
Londres?

—Lo siento, señor, no sabría decirle, pero si quiere
puedo… ¿señor Ventura? ¿Ocurre algo?

Sí, ocurría algo, pensó Sam saliendo de la oficina.
Algo muy grave.

La secretaria de Ruby le miró sorprendida cuando
se le acercó al escritorio.

—¿Está aquí?

—Sí, está aquí…

Sam no esperó a escuchar el resto y abrió la puerta
del despacho de Ruby de par en par, aunque trató de
mantener la calma.

Ruby dejó de recorrer la estancia en cuanto Sam
irrumpió en su oficina. Le dio un vuelco el corazón,
como le pasaba siempre que lo veía.

—Tenemos que hablar.

Ruby le escudriñó el rostro. La estaba mirando
como si hubiera cometido un delito, con todos los
músculos en tensión. ¿Estaba allí para hablar de su
respuesta a su amenaza a Carter Jones? Ya había decidido que había reaccionado en exceso en la reunión,
pero no quería hablar de las razones que había detrás.

—¿Qué ocurre? —le preguntó.

—Wilma me ha dado esto para que lo firme —dijo
Sam con un tono frío que la hizo estremecer.

Le pasó el documento y Ruby tardó un instante en
darse cuenta de que se trataba de su solicitud de traslado. No se había dado cuenta de que Recursos Humanos lo había aprobado.

—¿Cuándo ibas a decírmelo?

Asombrada por su tono áspero, Ruby frunció el ceño.

—No lo sé. No he pensado mucho en ello.

De hecho, no había pensado nada. Había estado tan ocupada últimamente que se había olvidado por completo del tema.

—¿No has pensado mucho en ello? —Sam sacudió la cabeza y frunció todavía más el ceño—. Pediste el traslado, ¿no es así?

—Sí, bueno, pero… —solo lo hizo porque pensó que no sería capaz de trabajar cerca de Sam—. ¿Hay algún problema?

La expresión de Sam se volvió todavía más adusta.

—¿Qué clase de pregunta es esa? Por supuesto que hay un problema.

Ruby se humedeció los labios.

—Normalmente no se me olvidan las cosas. Lo siento… Supongo que he estado muy ocupada.

—¿Demasiado ocupada para decirme que te vas a vivir a Londres?

—Bueno, no estaba segura siquiera de si aprobarían el traslado, y…

—¿Y pensaste que era mejor esperar y soltármelo en el último momento?

—No —Ruby frunció el ceño mientras intentaba encontrarle sentido a su tono burlón—. En absoluto.

—Entonces dime qué pasa, Ruby, porque estoy un poco confuso con lo que está pasando aquí.

No era el único. Su mente era tal torbellino de emociones que se sintió mareada. Y lo peor de todo era que sabía que no podía compartirlo con él.

—Tal vez podamos hablar de esto más tarde —sugirió ella intentando ganar tiempo para idear una estrategia–. Después del trabajo.

–Ah, claro, por supuesto. El trabajo. Tu disculpa favorita –Sam apretó los labios–. Pues esta vez no te va a servir, Ruby. Ya hemos jugado con tus reglas demasiado tiempo. Ahora me toca a mí.

–¿Mis reglas? –repitió ella con incredulidad–. ¿Cómo puedes decir eso? He hecho todo lo que me pediste.

Había reservado todos los fines de semana para él sin hacer planes que no lo incluyeran o que no pudiera cambiar en el último minuto. Había tenido siempre el teléfono a mano esperando que la llamara… ansiando que la llamara. Había soñado con él, le había echado de menos, le había entregado su corazón…

–Te he dado todo lo que querías.

–No tanto, cariño –murmuró él con desprecio–. Pero nada de eso importa ahora. Lo que importa es esto –puso el dedo en el documento de traslado que estaba sobre el escritorio de Ruby–. Y si quieres que lo firme o no.

«Dime que no quieres firmarlo», suplicó Ruby para sus adentros. «Dime que quieres que me quede aquí. Contigo».

Aquel pensamiento inesperado la pilló por sorpresa y le provocó un nudo en la garganta. ¿Debería decirle lo que estaba pensando? ¿Debería abrirse y admitir lo que sentía por él?

Le vino a la mente una discusión que habían tenido sus padres. Ruby estaba a punto de pedirle a su padre que la ayudara con los deberes de matemáticas mientras sus padres estaban sentados a la mesa de la cocina. Entonces su padre se puso de pie y acusó a su madre de ser demasiado demandante, demasiado pegajosa. Ruby fue testigo de la desolación de su madre, de su absoluta impotencia mientras le rogaba a su padre que no la dejara. Él lo hizo de todas formas, y Ruby juró en silencio que ningún hombre podría acusarla nunca de lo mismo. Que nunca desearía a un hombre más de lo que él la deseara a ella. Y, sin embargo, así era exactamente como se sentía en aquel momento. La historia se repetía en la siguiente generación.

Tragó saliva y contuvo las lágrimas que amenazaban con aflorar. Luego alzó la barbilla.

–¿Por qué no iba a querer que lo firmaras? –preguntó con tono seco.

Sam apretó un músculo de la mandíbula.

–Vaya, parece que esa es la pregunta del millón, ¿verdad? Y no se me ocurre ni una sola razón por la que no querrías que lo hiciera.

Capítulo 10

A VER SI lo entiendo —murmuró Dante, que estaba sentado en la barra del bar a su lado—. Le preguntaste si quería que firmaras los papeles de traslado y luego los firmaste sin esperar su respuesta, ¿es así?

—No necesitaba esperar la respuesta. Su silencio era revelador —Sam miró a Dante y a Tino y se preguntó cuál de los dos era más tonto—. No habría enviado la solicitud si no hubiera querido irse.

—Pero tú firmaste y ahora no quieres que se vaya.

—Yo no he dicho eso —Sam le dio otro sorbo a su cerveza.

Sabía que sería un error quedar con sus hermanos justo después del altercado con Ruby, pero no le dieron opción. Cuando salió del despacho de Ruby se los encontró frente a los ascensores esperándole. Dante acababa de llegar de Brisbane, se había reunido con Tino y los dos habían ido a buscar a San con el propósito expreso de llevárselo a tomar una copa. Sam les dijo que no era buena compañía para nadie en aquel momento y aquello selló su destino. Por supuesto, querían saber por qué.

Ahora estaba en el mismo pub en el que había conocido a Ruby dos años atrás, obligado a contarles a sus hermanos lo que había pasado, y hasta el momento no estaban contentos con la versión abreviada de los hechos.

—No hace falta que lo digas —aseguró Dante metiéndose un cacahuete en la boca—. No estarías enfadado por haber firmado si hubieras querido hacerlo.

—Gracias por el análisis, doctor Freud. Y ahora, ¿podemos dejarlo ya? —Sam estaba cada vez más irritado.

—Vaya, estás metido en un buen lío —intervino Tino.

—No sé de qué me hablas —gruñó Sam.

—Ni yo tampoco —reconoció Dante.

—Está enamorado.

—¿Enamorado? —Dante parecía estupefacto—. Eso no es posible.

—No lo estoy —murmuró Sam—. Pero me molesta perder una buena abogada. Una de las mejores del bufete. Y además, ¿por qué quiere irse a otro sitio si todo lo que necesita está aquí?

—Diablos —Dante miró a Tino—. Creo que tienes razón.

—Malditos seáis los dos. Ya me siento bastante idiota sin necesidad de que me lo restreguéis por la cara.

Tino y Dante se lo quedaron mirando fijamente sin decir nada, y finalmente Sam suspiró.

—De acuerdo, estoy enamorado de ella —reconoció—. Ya está. ¿Contentos? ¿Podemos cambiar de tema ya?

—Claro —Dante sonrió con empatía—. Si yo fuera tú también querría cambiar de tema —le hizo un gesto al camarero para que les sirviera otra ronda.

—Necesitas un plan para recuperarla —afirmó Tino.

—No puedo recuperar lo que nunca me ha pertenecido.

Lo cierto era que Ruby no lo necesitaba. No del modo en que la necesitaba él, y no iba a humillarse delante de ella ni a hablar del tema eternamente.

—No sé qué diablos os ha pasado a los dos —reflexionó Dante—. Veis una cara bonita, se hace un poco la difícil y un minuto después estáis los dos…

—Cuidado, Dante —le advirtió Tino—. A ti te llegará también el momento.

—Si eso ocurre prometedme que me encerraréis en un ataúd y plantaréis un roble encima.

—Encantados —gruñó Sam—. Y Ruby no es así. No se ha hecho la difícil. Bueno, en realidad sí —se rio sin ganas—. Si supierais lo mucho que tuve que trabajar… el problema es que está siempre a la defensiva y se lo piensa todo mil veces. Es una obsesa del control.

Dante le dio un buen trago a su cerveza.

—Las mujeres solo traen problemas, y los solteros tenemos que mantenernos unidos.

—Tienes razón —Sam bebió de la suya.

—Estás bien fastidiado, Sam —apuntó Tino.

Sam miró a su hermano.

—El hecho de que estés casado no significa que a todo el mundo le vaya a ir bien el matrimonio.

—Lo entiendo, hermano. Es difícil hablar de tus sentimientos. Lo sé. Yo casi cometo el mismo error con Miller.

—Te equivocas, Tino. Yo no tengo ningún problema para expresar mis sentimientos. Fui muy expresivo cuando me presenté antes en su despacho. Estuve a punto de…

Estuvo a punto de tumbarla encima del escritorio y besarla hasta que Ruby le dijera que no había nadie más que él, que nunca le dejaría.

—En cualquier caso… no soy yo quien no puede

expresarse, es Ruby. Es más cerrada que una ostra y en cuanto te acercas un poco levanta un muro imposible de escalar.

–¿Y qué dijo cuando le contaste cómo te sentías, cuando le dijiste que la amabas y que querías estar con ella?

Sam sacudió la cabeza.

–¿De qué estás hablando? No le he dicho nada… –miró a un hermano y luego a otro y entonces cayó en la cuenta–. Diablos, soy un idiota.

–Lo cierto es que nuestro padre no nos dejó un gran legado –comenzó Tino con calma–. Todas esas veces que nos ignoró hicieron que nos resultara muy difícil expresar nuestros sentimientos, y mucho menos aceptarlos –apretó un músculo de la mandíbula–. Recuerdo cuánto te esforzaste en hacer que se fijara en ti, blandiendo tus trofeos deportivos y los premios académicos cada vez que entraba por la puerta. Y luego un buen día te rendiste. Te cerraste. Creo que fue justo después de tu décimo cumpleaños.

–Noveno –le corrigió Sam sintiendo un nudo en el estómago al recordar cómo se quedó solo en el circuito el día de su cumpleaños–. Ahí me di cuenta de que era más fácil rendirse.

–Todos nos rendimos. A nuestra manera. Pero eso no nos hizo felices a ninguno.

–No sé… a mí me ha ido bastante bien –dijo Dante.

–Porque eres un cabeza de chorlito.

–¿Yo? Eso lo será Sam –afirmó el aludido indignado–. Yo no soy tan tonto como para enamorarme.

–Dile lo que sientes –le urgió Tino haciendo caso omiso de Dante–. Seguramente sea el mayor riesgo que correrás en tu vida, pero vale la pena.

–Hagas lo que hagas, más te vale decidirte pronto –murmuró Dante entre dientes–. Acaba de entrar una rubia espectacular en el pub y si no me equivoco tiene tu nombre escrito en la cara. Es una lástima.

Sam se giró para mirar hacia la entrada principal, donde había tres mujeres intentando ajustar la vista a la penumbra, y una de ellas era Ruby.

–Miller –gimió Ruby abriendo los ojos de par en par al ver a Sam sentado en la barra entre sus hermanos en cuanto entró en el pub–. Por favor, dime que no sabías que Sam iba a estar aquí.

Cuando llamó a Miller y se derrumbó en el teléfono, su mejor amiga llamó inmediatamente a Molly y quedaron en encontrarse en su bar favorito. Les contó la historia en el coche en el camino. Cómo Sam y ella habían quedado en tener una aventura los fines de semana, cómo se había enamorado estúpidamente de él y que tenía pensado mudarse a Londres. Porque, ¿qué otra cosa podía hacer? Trabajar en el mismo sitio que Sam era absolutamente insostenible dadas las circunstancias. Al menos para ella.

Ahora tuvo una sensación de *déjà vu* porque aquel era el bar en el que conoció a Sam dos años atrás.

–No me odies –le suplicó Miller–. Pero a lo mejor sí lo sabía.

–No te odio, pero podría matarte –aseguró Ruby–. Te he contado que firmó los papeles de traslado y me dijo que el trabajo era mi excusa favorita. ¿Qué creías que iba a pasar al reunirnos aquí?

–No lo sé. Algo.

–A lo mejor tiene algo de razón con lo del trabajo –intervino Molly.

–¿De qué lado estás, Molly? –Ruby le lanzó a su hermana una mirada furibunda.

–Estamos del tuyo, cariño –la tranquilizó Miller–. Por eso estamos aquí.

–Podrías decirle lo que sientes –sugirió Molly.

–¿Decirle lo que siento? –Ruby la miró sin dar crédito a lo que oía–. No todo es como en las películas de Disney, Molly. Tú deberías saberlo.

–Retiro lo que dije sobre tu miedo al compromiso –murmuró Molly–. Lo que tienes es terror al compromiso.

Antes de que Ruby pudiera darse la vuelta y salir del bar, Sam se levantó del taburete y se acercó a ella.

A Ruby se le paró el corazón cuando lo tuvo delante con la corbata torcida y el pelo revuelto, como si se hubiera pasado los dedos por él mil veces.

–No sabía que estabas aquí –dijo. No quería que pensara que ella tenía algo que ver con aquella encerrona.

–No me cabe la menor duda –murmuró él con su voz aterciopelada–. Pero ahora que has venido me gustaría hablar contigo.

«Olvídate de su sexy voz y concéntrate en cómo vas a superar esto».

–No creo que sea una buena idea.

–¡Ruby! –exclamó Molly dándole un suave codazo en las costillas.

–¿Os importa dejarnos unos minutos? –preguntó Sam sonriendo a las dos traidoras.

–Claro que no –las dos se fueron rápidamente hacia Tino y Dante y los dejaron solos.

Sam frunció el ceño.

–Vamos a la terraza. Seguramente esté más tranquilo.

Ruby aceptó a regañadientes que le tomara la mano y salieron. No sabía qué iba a decirle, pero se prometió que escucharía y no diría nada. Luego saldría de allí y no volvería a verle jamás. Sería mejor así. No había ninguna necesidad de que Sam supiera lo mal que se sentía por cómo habían terminado las cosas entre ellos.

–Estás muy pálida –dijo él deteniéndose al lado de una maceta gigantesca–. Tienes que sentarte.

–No, estoy bien… di lo que tengas que decir. Estoy preparada.

O no.

–Diablos, Ruby, no me lo estás poniendo fácil.

No sabía qué quería decir porque estaba intentando que aquello fuera lo menos doloroso para los dos.

–Mira, ya sé que hemos complicado las cosas teniendo una relación y ahora debemos descomplicarlas. Lo entiendo. No tienes de qué preocuparte. No voy a molestarte ni a pedirte más. No lo haré. Nunca haría algo así.

–¿Por qué no?

Ruby frunció el ceño.

–¿Por qué no? Porque nadie quiere a una persona así. Alguien necesitado y pegajoso.

–Cariño, yo me siento necesitado y pegajoso cada vez que te tengo a un metro.

–¿Cómo? –Ruby parpadeó como si no hubiera oído bien–. ¿Qué…? No hablas en serio.

–Sí –y como si quisiera demostrarlo, Sam se inclinó y la besó tomando su boca con arrebato.

Ruby se le agarró a la camisa y se fundió con él, la química que había entre ellos alcanzó rápidamente niveles de combustión como pasaba siempre que estaban tan cerca. Sam gimió mientras le devoraba la boca, apartándose a regañadientes y torciendo el gesto al ver las mesitas redondas llenas de gente que fingía no verlos.

–No sé qué pasa contigo y los sitios públicos, pero acabas con mi autocontrol –se quejó–. Siempre ha sido así.

Ruby no sabía si sentirse insultada o halagada por aquella confesión, su cerebro todavía estaba procesando los efectos del beso.

–Hoy es miércoles por la noche –dijo–. Nuestro día es el viernes por la noche.

–Yo diría que sí. Y también algún sábado y algún domingo últimamente.

–Sam –le imploró ella con voz ronca. No estaba de humor para bromas. Tenía las emociones demasiado a flor de piel–. Por favor, dime de una vez lo que quieres.

–Bueno, eso es fácil –se limitó a decir él–. Te quiero a ti.

Ruby se sintió ligeramente mareada por sus palabras. Sabía que se refería a la cama y se le rompió el corazón un poco porque ella también quería eso, pero también lo demás. Quería el cuento de hadas del que siempre hablaba Molly. El que no existía.

–Lo siento, pero no puedo volver a ese punto –dijo precipitadamente abrazándose el vientre en un gesto instintivo–. Por favor, no me lo pidas.

Sam dio un paso atrás.

–¿Es por la manera en que reaccioné a tu traslado a Londres? Porque sé que no lo manejé bien.

–No es eso –Ruby tragó saliva–. No te culpo por haberte molestado. Eres mi jefe y tendría que habértelo dicho antes.

–No me enfadé porque sea tu jefe, Ruby, sino porque te amo.

Las palabras de Sam le provocaron un estremecimiento y abrió los ojos de par en par.

—¿Qué has dicho?

—Te amo. Pero no te culpo por dudar de mí —declaró él con voz dulce—. Siento que he estado bailando alrededor de mis sentimientos desde que nos conocimos. Pero sí te amo, Ruby. Con todo mi corazón —tomó su temblorosa mano en la suya—. He tardado un poco en darme cuenta de lo que siento porque aprendí desde muy pequeño que era más fácil darles la espalda a esos sentimientos que tener que enfrentarse a ellos.

—Por tu padre.

—Sí, y cada vez que pensaba que estabas anteponiendo el trabajo a mí era como volver a enfrentarme a su rechazo otra vez. Eso hizo que quisiera protegerme. Pero ahora nada de eso me importa. He tenido tiempo de pensar sobre lo que significaría para mí dejarte marchar y no quiero hacerlo. Nunca. Si quieres ir a Londres, me iré contigo.

Ruby se lo quedó mirando fijamente, nunca habría esperado algo así.

—¿De verdad harías eso por mí?

—Ruby, ¿a estas alturas no sabes que haría cualquier cosa por ti? —los ojos de Sam estaban llenos de amor cuando se clavaron en los suyos—. Te amo más de lo que nunca creí posible amar a nadie. Aquel día en la casa de la playa, cuando te pedí que te casaras conmigo…

—Lo dijiste para hacerme rabiar.

—Sí —una sonrisa le asomó a los labios—. Un poco. Pero en cuanto lo dije una parte de mí supo que también hablaba en serio. Te quiero, Ruby. Quiero ser el hombre que te haga sonreír por la mañana al levantarte y cuando te vayas a dormir. Quiero ser el que te haga más feliz de lo que has sido nunca y quiero que estés a mi lado. Día y noche. Quiero saber que cuando vuelva del trabajo estarás allí y necesito pensar que tú también quieres lo mismo o me volveré loco.

Ruby se mordió el labio inferior, apenas se atrevía a pensar que nada de aquello fuera real.

—Oh, Sam, claro que quiero. Pero…

—Tienes miedo –él le retiró suavemente el pelo de la cara–. Lo entiendo, cariño. Entiendo que tienes poca fe en los hombres y que yo soy en parte responsable de eso, pero déjame compensarte. Déjame pasar mis días demostrándote que hay hombres que cumplen sus promesas.

—Esto no ha sido solo culpa tuya, Sam. Tenías razón cuando dijiste que utilizo el trabajo como excusa. El trabajo siempre ha sido mi red de seguridad. Mi vehículo hacia la independencia y la autosuficiencia, algo que nunca me sorprendería marchándose cuando yo menos lo esperara.

—Conmigo no necesitas red de seguridad, Ruby, porque nunca me alejaré de ti.

—Ay, Sam, te amo tanto… –incapaz de contener la alegría un momento más, Ruby le rodeó el cuello con los brazos–. Creo que me enamoré de ti aquí mismo hace dos años porque nunca conseguí olvidarte por mucho que lo intentara.

Sam se estremeció contra ella.

—Y gracias a Dios, porque yo tampoco te pude olvidar a ti. Y ahora, hablando de Londres…

—En realidad, no me quiero ir a Londres –le interrumpió Ruby–. Pedí un traslado cuando te uniste al bufete porque creí que no sería capaz de verte todos los días en la oficina sin desearte. No me sentía capaz de soportar que algún día te presentaras con otra mujer del brazo.

—Qué tontería —la regañó él con dulzura besándola con tanta ternura que Ruby sintió que el corazón le iba a estallar dentro del pecho—. En cuanto volví a verte ya no ha habido nadie más que tú. Te amo, Ruby. Solo a ti. Incluso he comprado la casa de la playa de al lado de la de Miller y Tino porque a ti te gustaba. Está a tu nombre. Quería regalártela esta noche.

—¿Qué? Eso es una locura.

—Así es como me haces sentir la mayor parte del tiempo. Loco y feliz y… ¿por qué lloras?

—¿Estoy llorando? —Ruby se quitó con las yemas de los dedos las lágrimas que no sabía que estaba derramando—. Oh, Sam, soy muy feliz. ¡Nunca me imaginé que podría llegar a sentirme así!

—Lo que quiero es que te sientas así conmigo. Para siempre.

—Sí. Así será.

—No lo olvides —Sam la abrazó con más fuerza y sacó una cajita del bolsillo—. Vi esto en Los Ángeles, y a juzgar por la expresión de tu cara deseas decir que no, pero quiero casarme contigo, Ruby. Quiero casarme contigo y demostrarte que vale la pena apostar por las relaciones. Quiero demostrarte lo bien que estamos juntos y quiero que todo el mundo sepa que eres mía.

—Te equivocas, Sam… no quiero decir que no. Me muero de ganas de decir que sí aunque sé que no debería.

—Claro que deberías —él abrió la cajita y dejó al descubierto un enorme anillo con un reluciente diamante.

—Oh, Dios mío…

Sam la tomó de la nuca y le echó la cabeza hacia atrás. Sus ojos desprendían chispas de posesividad.

—¿Oh, Dios mío sí o Oh, Dios mío no?

—Oh, Dios mío sí —susurró Ruby riéndose—. Oh, Dios mío sí mil veces.

—Gracias a Dios —Sam la besó sonoramente y le deslizó el anillo en el dedo, lo que hizo surgir un fuerte aplauso entre la gente que los rodeaba—. Porque estamos hechos el uno para el otro. Siempre ha sido así.

Avergonzada al darse cuenta de que estaba tan perdida en el momento que nada más existía excepto Sam, Ruby hundió el rostro en su cuello,

—Creo que será mejor que te lleve a casa antes de que vuelva a devorarte contra un muro en el jardín —murmuró Sam apretándola contra sí.

—¿Lo prometes?

Sam la giró entre el círculo de sus brazos y la miró fijamente.

—Cariño, prometo devorarte y amarte durante el resto de mi vida estemos donde estemos.

Ruby sonrió y le echó los brazos al cuello.

—Entonces yo también prometo amarte y devorarte.

—Dios, eso espero.

Ruby se rio al escuchar su tono desesperado y hambriento.

—¿Crees que deberíamos entrar y decirles a los demás lo que está pasando?

Sam miró por encima del hombro de Ruby y ella se giró para ver al pequeño grupo a través de la ventana del pub brindando por ellos.

—Creo que ya se han dado cuenta, amor. Y, si conozco bien a Miller, seguro que ya está al teléfono reservando un sitio para nuestra boda.

—A mí no me importa —aseguró Ruby—. ¿Y a ti?

–Ni lo más mínimo. Ahora eres mía, y no solo durante los fines de semana o en citas clandestinas en los jardines de las fiestas. Eres mía para siempre.

Ruby acercó su boca a la suya.

–De acuerdo. Lo que tú digas, Sam.

Él gruñó.

–He esperado tanto tiempo para oírte decir eso… y ni siquiera estás desnuda.

Ruby se rio. La felicidad le surgía a borbotones desde dentro.

–Entonces, ¿a qué estás esperando? –susurró.

–A tener intimidad –Sam la tomó en brazos y la sacó del pub.

Ruby se le agarró a los hombros.

–No puedo esperar –dijo feliz, consciente de que no solo estaba hablando de la noche que tenían por delante, sino también del resto de su vida juntos.

La amante del griego...
oculta que es una princesa.

LA PRINCESA ESCONDIDA

Annie West

En su intento por ayudar a su mejor amiga a escapar de un matrimonio de conveniencia, la princesa Mina acabó cautiva del enigmático Alexei Katsaros en su isla privada. Mina tenía que convencer a Alexei de que ella era su futura esposa, pero no esperaba la deliciosa pasión que sobrecogió a ambos. Y, después de una noche con Alexei, se dio cuenta de que había más en juego que el secreto de su identidad, su corazón estaba también a merced de Alexei.

Acepte 2 de nuestras mejores novelas de amor GRATIS

¡Y reciba un regalo sorpresa!

Oferta especial de tiempo limitado

Rellene el cupón y envíelo a
Harlequin Reader Service®
3010 Walden Ave.
P.O. Box 1867
Buffalo, N.Y. 14240-1867

¡Sí! Por favor, envíenme 2 novelas de amor de Harlequin (1 Bianca® y 1 Deseo®) gratis, más el regalo sorpresa. Luego remítanme 4 novelas nuevas todos los meses, las cuales recibiré mucho antes de que aparezcan en librerías, y factúrenme al bajo precio de $3,24 cada una, más $0,25 por envío e impuesto de ventas, si corresponde*. Este es el precio total, y es un ahorro de casi el 20% sobre el precio de portada. ¡Una oferta excelente! Entiendo que el hecho de aceptar estos libros y el regalo no me obliga en forma alguna a la compra de libros adicionales. Y también que puedo devolver cualquier envío y cancelar en cualquier momento. Aún si decido no comprar ningún otro libro de Harlequin, los 2 libros gratis y el regalo sorpresa son míos para siempre.

416 LBN DU7N

Nombre y apellido	(Por favor, letra de molde)

Dirección	Apartamento No.

Ciudad	Estado	Zona postal

Esta oferta se limita a un pedido por hogar y no está disponible para los subscriptores actuales de Deseo® y Bianca®.
*Los términos y precios quedan sujetos a cambios sin aviso previo.
Impuestos de ventas aplican en N.Y.

SPN-03

DESEO

Cuando separar el placer del deber no es una opción, la única que queda es guardar secretos

Amor pasajero

JANICE MAYNARD

Había un nuevo soltero en el pueblo que había dejado encandilada a la abogada Abby Hartman. Duncan Stewart, el sexy nieto escocés de una clienta del bufete, debería haberle estado prohibido, pero pensó que tampoco sería tan terrible tener con él una breve y apasionante aventura, ¿no? La cosa se calentó demasiado rápido y cuando una crisis familiar reveló la verdadera identidad de Abby, tuvieron que elegir entre seguir con su aventura temporal o estar juntos para siempre…

Bianca

**Un novio implacable para una
novia no solo de conveniencia...**

LA NOVIA SUPLANTADA

Jane Porter

Marcado por su oscuro pasado, Damen Alexopoulos no dejaba
que las emociones dictasen nada en su vida, especialmente
la elección de esposa. De modo que, cuando su prometida de
conveniencia es suplantada en el altar por su inocente hermana
menor, Kassiani Dukas, Damen se mostró firme: su matrimonio
sería estrictamente un acuerdo conveniente para los dos, sin
sentimientos.

Sin embargo, la determinación de Kassiani de llegar a su corazón, y la intensa pasión durante su luna de miel en las islas grie-
gas, podría ser la perdición para este inflexible magnate griego.